DistelLiteraturVerlag

Jean-Patrick Manchette, geboren 1942 in Marseille, liebte Jazz, Kino und Literatur. Er radikalisierte den europäischen *Roman noir* und gilt als Begründer des neueren sozialkritischen französischen Kriminalromans, des sogenannten *Néo-polar.*

Manchette arbeitete als Drehbuchautor und veröffentlichte neben Theaterstücken und zahlreichen Essays auch zehn Kriminalromane, von denen die meisten verfilmt wurden, so *Nada* (1973) von Claude Chabrol; *Tödliche Luftschlösser* (*Folle à tuer*, 1975) von Yves Boisset, mit Marlène Jobert; *Westküstenblues* (*Trois hommes à abattre*, 1980) von Jacques Deray, mit Alain Delon; *Knüppeldick* (*Pour la peau d'un flic*, 1981) von und mit Alain Delon; *Position: Anschlag liegend* (*Le choc*, 1982) von Robin Davis, mit Catherine Deneuve und Alain Delon; *Volles Leichenhaus* (*Polar*, 1983) von Jacques Bral. Alle Kriminalromane sowie die gesammelten Essays zum Roman noir in den «Chroniques» sind auf Deutsch im DistelLiteraturVerlag erschienen.

Jean-Patrich Manchette starb im Alter von 52 Jahren in Paris. Er wurde zur Leitfigur für eine neue Generation von Krimiautoren in Frankreich.

Barth Jules Sussman, geboren 1939 in New York City, war Vertriebsleiter bei der Verlagsgruppe Random House Inc., arbeitete danach als Schriftsteller und Drehbuchautor in Paris, Rom, München, Hongkong und Hollywood, lebt heute in Vero Beach, Florida. Er veröffentlichte u. a. zwei historische Thriller und schrieb eine von seiner Frau Jen illustrierte Kinderbuch-Serie für den größten Buchverlag in Frankreich: Hachette. Zu seinen Film-Arbeiten gehören u. a. der Italo-Western *The Stranger & The Gunfighter* (*In meiner Wut wieg' ich vier Zentner*, 1974) von Antonio Margheriti mit Lee Van Cleef sowie *Night Games* (1980) von Roger Vadim. B. J. Sussman arbeitete u. a. auch für den italienischen Filmproduzenten Dino De Laurentiis («Bitterer Reis») und hatte eine lange Auftragsarbeit bei Columbia Pictures. Zur Zeit arbeitet er in Berlin an verschiedenen Projekten für den deutschen Film.

Jean-Patrick Manchette
Barth Jules Sussman
**Der Mann mit
der roten Kugel**

Mit einem Vorwort von Doug Headline

Aus dem Französischen von
Katarina Grän

Notizen von Barth Jules Sussmann

Aus dem amerikanischen Englisch von
Katarina Grän

DistelLiteraturVerlag

Deutsche Erstausgabe
Copyright © 2011 by Distel Literaturverlag
Sonnengasse 11, 74072 Heilbronn
Die Originalausgabe erschien 1972 unter dem Titel
«L'homme au boulet rouge» bei Éditions Gallimard (Paris)
Copyright © Éditions Gallimard 1972, für das Vorwort 2006
Umschlagentwurf: Jürgen Knauer, Heilbronn,
mit einem Motiv von: © Robert Walker Photography / Gallimard
Druck und Bindung: Druckerei Steinmeier GmbH, Deiningen
ISBN 978-3-923208-88-3

VORWORT VON DOUG HEADLINE

Schon außergewöhnlich, diese Sache mit dem *Mann mit der roten Kugel*: ein einzigartiger Abstecher in Richtung Western von einem Roman-noir-Autor, der dieses Genre verehrte. Dieses vernachlässigte Werk verdient es, wieder seinen Platz neben den anderen Romanen des Autors vom *Westküstenblues* einzunehmen.

Seit seiner Kindheit ist Jean-Patrick Manchette ein großer Westernliebhaber. Es ist wahrscheinlich sogar das Filmgenre, das ihn am meisten anspricht. Unter seinen Lieblingsfilmen findet man die Western von John Ford, Howard Hawks und Anthony Mann sowie die kleinen Meisterwerke der B-Filme von Budd Boetticher mit Randolph Scott in der Hauptrolle: *Sein Colt war schneller*[1], *Um Kopf und Kragen*[2], *Einer gibt nicht auf*[3], *Auf eigene Faust*[4], *Der Siebente ist dran*[5] etc.

Im Jahre 1971 ist Manchette ein vielversprechender junger Autor der Série Noire, in der gerade seine Romane *Die Affäre N'Gustro* und *Lasst die Kadaver bräunen!* erschienen sind (letzterer in Zusammenarbeit mit Jean-Pierre Bastid). Aber der Schriftsteller steht noch am Anfang; die Zeiten sind hart, und um über die Runden zu kommen, führt Manchette in rasantem Tempo zahlreiche Arbeiten aus, die dem Broterwerb dienen: Essays, Drehbücher oder Dialoge fürs Fernsehen, Romanfassungen von Filmen, Überarbeitungen von Texten, Buchbesprechungen, zahlreiche Übersetzungen, allein oder mit seiner Frau Mélissa.

Als Folge der italienischen Produktionen – der sogenannten Spaghettiwestern – hat der Western damals eine neue Blüte erreicht, die in den ganz frühen 70er Jahren das Genre wieder auf ein bemerkenswertes Popularitätsniveau brachte. Allein im Jahr 1968 sind in Europa fast hundert Western gedreht worden, eine verblüffende Zahl! Der Western ist Mode und schlägt sich überall nieder: im Kino, im Fernsehen, im Kleiderstil, in Chansons, in Comic-Strips und in der Literatur. In Frankreich erscheinen diverse Reihen von Westernromanen [...] Selbst die anspruchsvolle Série Noire, die es bereits verstanden hat, sich je nach Mode anderen Genres zu öffnen (der Spionage zum Beispiel), nimmt daher einige Western von Spitzenautoren wie Clifton Adams oder von erfolgreichen Filmadaptionen wie *Zwei glorreiche Halunken*[6] auf.

Es ist der 23. Oktober 1971, als Robert Soulat, damals stellvertretender Leiter der Série Noire, mit dem Vorschlag an Manchette herantritt, eine Roman-Adaption des auf Englisch verfassten Drehbuchs «eines Films, dessen Dreharbeiten in der Vorbereitung sind», für die Reihe zu schreiben. Soulat hat sich daran erinnert, dass einige ziemlich erfolgreiche Romanfassungen von Manchette stammten, insbesondere, unter dem Pseudonym Pierre Duchesne, jene der Filme *Mourir d'aimer*[7] und *Sacco & Vanzetti*[8]. Manchette, immer auf der Suche nach bezahlten Arbeiten und an der unerwarteten Aussicht interessiert, sich mit einem Western zu befassen, denn dieses Drehbuch ist ein Western, reizt die Aufgabe. «Ich sage nicht nein, solange es nicht darum geht, den Ghostwriter zu spielen, sondern zusammen mit dem Drehbuchautor als Verfasser genannt zu werden».

Besagter Drehbuchautor, Barth Jules Sussman, hat der Série Noire sein Drehbuch mit dem Titel *The Red Ball Gang* in der Erwartung angeboten, dass daraus eine literarische Version erstellt wird. Es ist nicht bekannt, welcher Regisseur den Film damals ursprünglich drehen sollte, aber Jean-Patrick Manchettes Tagebuch zufolge, dem sämtliche hier erwähnten Zitate entnommen sind, haben sich erst nach Erscheinen des Romans einige Filmemacher dafür interessiert.

Acht Tage später, am ersten November, schreibt Manchette: «Ich habe das Drehbuch, von dem Soulat vorschlägt, dass ich davon ein Buch für die Série Noire mache, gelesen. Es ist ziemlich unbefriedigend, alles ist Maskerade, die Brutalität, die Grobheit – der Einfluss des italienischen Westerns ist deutlich spürbar. Aber es ist dennoch gut verwendbar.»

Tatsächlich liegen Manchettes Neigungen in Sachen Western mehr bei *Rio Bravo*[9], *Der weite Himmel*[10] oder *Der schwarze Falke*[11], und nicht bei den

Filmen von Sergio Leone, die er verabscheut. Die italienische Art Western ist absolut nicht nach seinem Geschmack. Wenn auch einige Filme von Sam Peckinpah, einem Filmemacher mit spürbarem Einfluss auf die italienischen Regisseure, ihm gefallen (er mag *Sacramento*[12] und *Sierra Charriba*[13], äußert aber Vorbehalte gegenüber *The Wild Bunch – Sie kannten kein Gesetz*[14]), so bringen ihn die übertriebenen stilistischen Mätzchen und das Fehlen jeglicher moralischer Sichtweise in den Spaghettiwestern doch zur Verzweiflung.

Der Inhalt von B.J. Sussmans Drehbuch (weniger der Humor) erinnert in mehrfacher Hinsicht an *Zwei dreckige Halunken*[15] von Joseph L. Mankiewicz, einen hervorragenden 1970 angelaufenen Western, der in einem Gefängnis mitten in der Wüste spielt. Sussman übernimmt zwar den Negativismus des italienischen Westerns: es gibt viel Gewalt, keine Moral, alle Charaktere sind Dreckskerle, außer – vielleicht – dem Helden. Aber durch das tiefer liegenden Thema, das er anzuschneiden ermöglicht (platt gesagt: das Aufkommen des amerikanischen Kapitalismus und die Ausbeutung des Menschen durch den Menschen, welche dieser verursacht), bietet das Sujet Manchette Stoff für eine interessante Stilübung.

Daher geht er zunächst an diese Auftragsarbeit heran, wie an jede andere auch, emotionslos und um Effizienz bemüht. Am 22. November macht er seine Planung für die folgenden Monate inklusive *The Red Ball Gang*, «zu schreiben zwischen dem 1. Januar und dem 15. März. Sollte einen Monat dauern und keine

Probleme bereiten.» Am 30. November liefert er das Manuskript seiner dritten Série Noire ab, *La Proie facile*, aus dem *Ô Dingos, ô chateaux! [Tödliche Luftschlösser]* werden sollte, beendet dann für die Presses de la Cité eine Buchüberarbeitung, *Andamooka* von Josette Bruce.

Am 30. Januar 1972, mit einem leichten Planungsrückstand, beginnt Manchette mit der Arbeit an *The Red Ball Gang*. Er bemerkt lediglich: «Unzufrieden mit dem Ergebnis. Schwierigkeiten, den Text zusammenzufügen. Die filmischen Übergänge sind nicht die gleichen wie die literarischen.» Und am nächsten Tag: «Ich habe Soulat angerufen, um zu fragen, ob ihn die Erzählung im Präsens bei *The Red Ball Gang* nicht störte, und ihn zu bitten, die Dialoge nicht einhalten zu müssen.» Nach einer Woche, am 6. Februar, wird er nervös, weil er nur zehn Textseiten geschrieben hat. Am 11. nimmt er die Arbeit wieder auf: «Es geht voran, aber es begeistert mich noch nicht.» Am 14. notiert er, dass das Buch ihn «ermüdet», aber zehn Tage später scheint er seinen Rhythmus gefunden zu haben, und am 5. März stellt er den ersten Entwurf fertig. Ein Tag für die Korrekturen, und am 7. März bringt er das Manuskript zur Série Noire. Gleich am nächsten Tag nimmt die Série Noire das Manuskript von *The Red Ball Gang* an, und Manchette geht zu etwas anderem über [...].

Welches war Manchettes Herangehensweise an Sussmans Text während dieser paar Wochen Schreibarbeit? «Die Dialoge und der Aufbau entsprechen strikt dem Drehbuch, und der Text ist systematisch mit unnötigen völlig unangebrachten marxistischen Abschweifungen in die Länge gezogen. Hätte ich mich frei gefühlt und mich nicht streng an den Text von Sussman gehalten, dann hätte ich die Baumwollplantage angezündet, ich hätte den Besitzer nicht davon kommen und ihn auch noch ein Vermögen machen lassen», sagt Manchette in einem im Juni 1980 in Nr. 12 der Zeitschrift «Polar» erschienenen Gespräch. Das entspricht zweifellos nicht ganz der Wahrheit, da wir wissen, dass er darum gebeten hat, sich nicht an die Dialoge halten zu müssen. Außerdem nimmt er sich da ein wenig zu sehr zurück, da er seine Persönlichkeit deutlich in den ganzen Roman einfließen lässt. Neben den «marxistischen Abschweifungen» findet man auf jeder Seite seinen sehr schwarzen Humor, seine Fähigkeit, die Charaktere in wenigen Worten darzustellen, seinen Sinn für Gewalt und fürs Detail. So springen Manchettes eigener Stil und seine persönliche Art vom ersten Absatz an ins Auge: «Im gleichen Moment haben die Truppen der Versailler Nationalversammlung die Kirche Saint-Christophe in Villette schließlich wieder eingenommen und waten im Blut, aber Pruitt weiß davon nichts, er wird nie etwas davon erfahren, das Thema ist für ihn völlig uninteressant. Denn Pruitt sitzt auf der Außentreppe einer weiträumigen, baufälligen Holzbaracke so ungefähr mitten im Staate Texas und ist damit beschäftigt, seine Waffe zu reinigen, einen Remington-Einzellader, dessen Nussbaumgriff durch Stöße, Schweiß und Sand zerschrammt und verblichen ist. Pruitt ist ein vierschrötiger und robuster Mann mit kräftigem Kiefer, aber schmalen Augen und einem leicht lüsternen Lächeln. So wie er ist, hat er sich in seiner Existenz fest etabliert, er reinigt sorgfältig seinen Revolver.» Dieses Einordnen der Geschichte in die Weltgeschichte, diese durch einen Gegenstand – und noch dazu eine Feuerwaffe – skizzierte Romanfigur, das sind typische, charakteristische Merkmale des Schriftstellers. In der Folge lässt Manchette auf seine unnachahmliche Art Sozialkritik in die Erzählung einfließen, und das gibt Anlass zu Momenten reiner literarischer Sinnesfreuden: «Ohne sich um die individuellen Dramen zu scheren, entwickelt sich der ökonomische Wandel eigenständig weiter und verfolgt unbeirrt sein grandioses Ziel. Mit jeder Sekunde wachsen Handel, Industrie, Landwirtschaft. Und Potts, dem die Größe des Wandels nicht bewusst ist, findet dennoch sein Glück darin und nimmt teil daran. Daher strahlt das Gesicht des Plantagenbesitzers in diesem Moment, während er in einer gewaltigen Scheune voller Baumwolle steht und die Baumwolle betrachtet, die Männer, die mit der Baumwolle hantieren, die große Maschine, die die rohe Baumwolle entkörnt und anschließend gewaltige Ballen von fünfhundert Pfund daraus macht, die sich fortwährend hinten in dem Schuppen ansammeln. Später werden die Baumwollballen – etwa so groß wie ein Überseekoffer – über Land, per Bahn, übers Meer, quer durch die Vereinigten Staaten von Amerika befördert werden, und das Material, das unterwegs so mancher Weiterverarbeitung unterzogen wird, wird sich über die Union und die Welt verbreiten und auf seinem Weg überall Geld generieren.» Am Ende hat sich Manchette das Thema angeeignet, und der Roman wächst weit über eine einfache, emotionslos ausgeführte Auftragsarbeit hinaus.

Am Sonntag, dem 26 März 1972, nachdem er das Wesentliche seiner Arbeiten, die dem momentanen Broterwerb dienen, fertig gestellt hat, schreibt Manchette: «Ich habe *Bogie*[16] abgeschlossen. Ich bin die beiden Übersetzungen (*Bogie* und *Beyond this Point are Monsters – Le Territoirre des monstres*[17]) anhand der erneuten Lektüre und Melissas Anmerkungen noch einmal durchgegangen. ... Ich bin glücklich und stolz, die Arbeit fertig gestellt zu haben. In 16 Tagen habe ich über 500 Seiten geschafft, fast 3 300 Francs verdient. Ich war am Ende meiner Kräfte. Das war ein hartes Trimester, *Andamooka, La Longue-Vue*[18], *The White Cad Cross-Up*[19] mit Mélissa, *The Red Ball Gang, Beyond this Point are Monsters, Bogie.*» Man kann nur beeindruckt sein von dem Arbeitspensum, das der Autor in so kurzer Zeit bewältigt hat.

Was *The Red Ball Gang* betrifft, aus dem in der Série Noire *L'Homme au boulet rouge* [«Der Mann mit der roten Kugel»] wurde, hat es nie zum erhofften Film geführt. Barth Jules Sussman scheint weiter eine Karriere als Drehbuchautor verfolgt zu haben, von der aber nur wenig bekannt ist; man stößt zwei Jahre später im Vorspann eines Italo-Westerns von Antonio

Margheriti, *In meiner Wut wieg' ich vier Zentner*[20] wieder auf ihn, ein bizarrer Chopsuey-Western – eine Mischung aus Spaghettiwestern und asiatischem Kampfsport – gespielt von Lee Van Cleef und Lo Lieh; dann 1980 im Vorspann eines pseudo-erotischen Films von Roger Vadim[21]. Der aus seinem Western-Drehbuch hervorgegangene Roman geriet nach einer letzten Neuausgabe in der Reihe Carré Noir 1982 ungerechter Weise in Vergessenheit, ein Opfer des Niedergangs des Genres [...].

Manchette für seinen Teil gestattete sich nach Fertigstellung des Romans *Der Mann mit der roten Kugel* und der Übersetzungen einige Tage Atempause. Am 14. April 1972 begann er mit der Arbeit an dem Roman mit dem Arbeitstitel *Le Consul*. Einen Monat später reichte er den fertiggestellten und umbenannten Text bei der Série Noire ein. Dieser in vier Wochen verfasste Roman sollte unter dem Titel *Nada* zum Wendepunkt in der Geschichte des französischen Roman noir werden.

Doug Headline
Juni 2006

Anmerkungen der Übersetzerin

1 Buchanan Rides Alone (1958).
2 The Tall T (1957).
3 Comanche Station (1960).
4 Ride Lonesome (1959).
5 Seven Men from Now (1956).
6 Adaption von Joe Millar. Internation. Film-Titel: The Good, the Bad and the Ugly (1966) von Sergio Leone mit Clint Eastwood.
7 (1970), von André Cayatte mit Annie Girardot u. a.
8 (1971), von Giuliano Montaldo.
9 (1959), von Howard Hawks mit John Wayne, Dean Martin u. a.
10 The big sky (1952) von Howard Hawks mit Kirk Douglas u. a.
11 The searchers (1956) von John Ford mit John Wayne, Jeffrey Hunter u. a.
12 Ride the High Country (1962) mit Randolph Scott, Joel McCrea, Mariette Hartley u. a.
13 Major Dundee (1965) mit Charlton Heston, James Coburn, Senta Berger, Mario Adorf u. a.
14 The Wild Bunch (1969) mit William Holden, Ernest Borgnine, Robert Ryan u. a.
15 There Was a Crooked Man (1970) mit Kirk Douglas, Henry Fonda, Hume Cronyn, Warren Oates u. a.
16 Joe Hyams: Bogie. The Biographie of Humphrey Bogart (1967).
17 Von Margaret Millar (1970).
18 Projekt (Arbeitsunfallverhütung, siehe Chroniques, S. 6) für das Institut National de recherche et de sécurité (INRS), France.
19 Von William F. Nolan (1969); dt. Titel: Kommen Sie rasiert zur Hinrichtung (1970).
20 Dove non batte il sole (1974) mit Lee Van Cleef u. a.
21 Jeux érotiques de nuit.

ERSTER TEIL

1

Im gleichen Moment haben die Truppen der Versailler Nationalversammlung die Kirche Saint-Christophe in Villette schließlich wieder eingenommen und waten im Blut, aber Pruitt weiß davon nichts, er wird nie etwas davon erfahren, das Thema ist für ihn völlig uninteressant. Denn Pruitt sitzt auf der Außentreppe einer weiträumigen, baufälligen Holzbaracke so ungefähr mitten im Staate Texas und ist damit beschäftigt, seine Waffe zu reinigen, einen Remington-Einzellader, dessen Nussbaumgriff durch Stöße, Schweiß und Sand zerschrammt und verblichen ist. Pruitt ist ein vierschrötiger und robuster Mann mit kräftigem Kiefer, aber schmalen Augen und einem leicht lüsternen Lächeln. So wie er ist, hat er sich in seiner Existenz fest etabliert, er reinigt sorgfältig seinen Revolver.

Der leichte Wind fegt ein wenig Staub gegen das feste Leinen von Pruitts Hose. Der Wind lindert die Hitze keineswegs. Er kommt von weit her, er macht aber träge hier und da in der Staubebene Halt, und er wirbelt kleine, rötliche Wolken auf. Er ist sehr trocken.

Vor der Holzbaracke sind Karren, Maultiere und Männer niedergesunken. Die Muli bewegen ab und zu die Ohren. Die Männer dösen auf dem Boden vor sich hin, kratzen sich, brabbeln abgedroschene Witze. Ihr Gesicht ist tot, besiegt, von Dreck und getrocknetem Schweiß verkrustet.

In einiger Entfernung von der Baracke befindet sich Potts. Ein Knie auf dem Boden untersucht er die Erde, er wühlt darin herum. Er sieht Harvey Huddleston nicht an, der trotzdem, auf seinem Wagen sitzend, herablassend auf ihn einredet.

«Ist mir scheißegal», sagt Huddleston gerade. «Ich hab es schon mal gesagt, ich sag es noch einmal. Keinen Kredit!»

Potts Schweigen ärgert ihn. Der Mann ist ein Dummkopf, der abgebrannt aus seinem heimatlichen Georgia ankommt, ein Stück Land kauft, das kein Neger haben wollte, und glaubt, dort Baumwolle anpflanzen zu können. Huddleston ist kein Dummkopf. Er ist der Lieferant der Dummköpfe. Er verkauft ihnen Werkzeuge zum Buddeln von Löchern im Staub, Saatkörner zum Reinstecken in die Löcher, Verpflegung zum Warten darauf, dass sich etwas entschließt, aus der Erde zu kommen; aber nichts kommt, und die Dummköpfe gehen fort, magerer als bei ihrer Ankunft, und manchmal husten sie, und letztendlich sterben sie alle irgendwo im Norden, sei es an Lungenversagen, sei es, weil ein Cowboy beschließt, auf diese Dummköpfe zu schießen, diese armen Dummköpfe, diese Scheißfarmer. Das ist nicht Huddlestons Problem. Er begnügt sich damit, zu liefern und bezahlt zu werden.

«Weißt du was, Harvey, du bist nicht der einzige Lieferant in der Gegend...»

Huddleston betrachtet Potts, der sich wieder aufgerichtet hat. Er ist ein großer Mann, vielleicht sechzig, aber zäh, kräftig.

«Was du nicht sagst», erwidert Huddleston in beleidigendem Ton.

Potts tritt von einem Bein auf das andere. Sein Gesicht ist zerfurcht, aber seine Haut ist straff. Mit hundert wird er noch wie sechzig aussehen. Er beißt nicht so schnell ins Gras. Er steckt eine lange schwarze Zigarre zwischen seine gelben Zähne. Er betrachtet die Landschaft. Huddleston sieht ihn mit gekränkter Miene an. Widerwillig reicht Potts ihm eine Zigarre.

«Ich mach bald den ganz großen Gewinn», verkündet der Farmer.

«Was du nicht sagst», wiederholt Huddleston. «Du kannst noch von Glück reden, wenn der Wind dich nicht bis in den Golf fegt!»

Der Händler schüttelt den Kopf.

«Entweder du zahlst bar», schließt er, «oder ich hol mir zurück, was ich dir geliefert hab.»

Potts gähnt und kniet sich erneut hin, um in der Erde herumzuwühlen.

«Bargeld hab ich keins.»

Huddleston wirft seine Zigarre fort. Potts verzieht das Gesicht, hebt die Zigarre auf und steckt sie sorgfältig in die Tasche.

«Die üblichen Bedingungen», sagt der Händler barsch, «sechzig Prozent des Gewinns für mich, nachdem ich wieder herausbekommen habe, was ich in die Sache hineingesteckt habe.»

Die Sache scheint Pott Spaß zu machen.

«Zugegeben, ich bin völlig blank, aber so dämlich bin ich nicht.»

«Na gut, na gut», erwidert Huddleston. «Dann eben halbe-halbe. Das ist mein letztes Wort.»

Potts sieht den Händler ernst an.

«Harvey», sagt er, «ich habe noch nie einen Geschäftspartner gehabt. Sagen wir, ich bezahle dir das, was ich dir schulde, wenn ich meine Ernte eingeholt habe.»

Huddleston öffnet den Mund zu einem hämischen Grinsen, schließt ihn aber sogleich wieder, weil Potts sich wieder aufgerichtet hat und nun dicht vor dem Händler steht, den Blick friedfertig, die Stimme schleppend.

«Außer», sagt er, «außer du willst versuchen, dir deine Lieferungen ganz allein zurückzuholen...»

Huddleston zögert, sinkt dann wieder auf seinen Sitz. Er ist wütend. Er wendet den Kopf ab, nimmt die Zügel auf, die er kaum wahrnehmbar auf die Rücken seiner Maultiere klatschen lässt. Die Wagenachsen knarren, als die Tiere anziehen. Huddleston wirft Potts noch einen Blick zu, als wollte er noch etwas hinzufügen, sagt aber nichts, und der Wagen setzt sich in Bewegung und trägt ihn langsam fort, die Maulesel trampeln über die rote Erde, und Potts bückt sich wieder zu der roten Erde und lächelt.

2

Etwa zehn Kilometer von hier entfernt kommen drei Fuhrwerke ohne Planen nur langsam in der Ebene voran. Verdreckte Gestalten, Weiße, Mexikaner und Schwarze gemischt, sind in den Wagen hineingepfercht, dicht aneinandergedrängt, zusammengesunken, gegeneinander stoßend im Takt des Geholpers, im Gerassel der Ketten.

Zwei Bewacher lenken jeden Wagen, das Gesicht von einer roten Staubschicht bepudert. Ein anderer reitet am Schluss der Kolonne rittlings auf einem krummbeinigen Pferd. Ein sehr großes, doppelläufiges Gewehr schwankt quer über dem Sattel hin und her.

Der Konvoi überquert das ausgetrocknete Bett eines saisonalen Wasserlaufs. Gelegentlich füllt sich diese Schlucht für kurze Zeit mit schäumendem und schmutzigem Wasser, das mit rasender Geschwindigkeit allen möglichen Abfall mit sich führt. Aber zurzeit ist sie trocken, und die Fuhrwerke holpern über die Steine, die das Wasser dorthin gespült hat. Ihre menschliche Ladung wird noch mehr durchgeschüttelt, wehrt sich jedoch nicht. Ein Murren, ein kaum artikulierter Fluch wird leise gebrummelt. Fliegen begleiten den Konvoi, weil viele der Gefangenen offene Wunden durch die Schläge oder Geschwüre durch das unaufhörliche Scheuern ihrer Eisen haben.

Unterdessen ist Pruitt in der Nähe der Baracke damit fertig, seinen Revolver zu reinigen, die Zylinder

der Trommel zu bestücken und die Zündhütchen einzusetzen. Wenn Potts Geschäfte gut laufen, wird Pruitt davon profitieren, und er denkt daran, dann einen Revolver zu kaufen, der mit Metallpatronen schießt, einfacher zu laden, schneller, präziser. Es heißt, dass die Firma Colt ein Perkussions-Modell herausbringen wird, was die Verwendung (und Wiederverwendung) härterer Patronen und stärkerer Ladungen erlauben wird. Eine gute Waffe für einen Oberaufseher von zur Zwangsarbeit verurteilten Sträflingen.

Pruitt reißt sich von seinen Träumen los, steigt auf sein Pferd. Die sechs Männer, die unter seinem Kommando stehen, haben sich lässig erhoben. Sie haben ihre Ausrüstung unter einer Art Bretterveranda hervorgeholt, haben die Waffen – Revolver, Gewehre – und die fünf Fuß langen, mit einem kurzen Griff versehenen Lederriemen genommen. Der Wind der Ebene macht ihre Lippen rissig. Pruitt reitet über den Platz, der sich vor der Baracke erstreckt, und stellt seine Männer so auf, dass sie jeden Winkel abdecken.

Unterdessen ist Potts nach einem Blick auf seine Uhr, eine alte Taschenuhr aus Stahl, zu dem Gebäude zurückgekehrt. Schweigend, die Zigarre zwischen den Zähnen, beobachtet er Pruitts Vorgehen.

Als die drei Fuhrwerke eintreffen, stellen sie sich nebeneinander auf mit der Heckseite zum Haus. Die Bewacher lassen bei jedem Gefährt die Heckklappe herunter. Ihr befehlshabender Offizier richtet einen lässigen Gruß an Potts. Der Offizier hat einen

Zweitagebart, an seinem vom Schweiß dunkel gefleckten Uniformhemd fehlt ein Knopf. Er geht zu Pruitt.

Die Häftlinge steigen langsam, unter Schwierigkeiten aus den Fuhrwerken und stellen sich vor dem Haus in einer Reihe auf. Sie sind erschöpft, unterernährt, steif geworden. Die Bewegungen fallen ihnen schwer. Viele tragen Spuren von Schlägen, einige sind verkrüppelt oder verstümmelt, andere ganz offenkundig krank. Pruitt geht an der Reihe der Männer entlang, gefolgt von dem Offizier, und wählt jene aus, die noch arbeitsfähig scheinen. Er sortiert die Krüppel und Halbtoten aus. Durch Stiefeltritte und Peitschenhiebe ermittelt er die Empfindlichkeit der Häftlinge, ihre Moral. Als einer der Männer ein besonders hasserfülltes und angespanntes Gesicht aufsetzt, rammt Pruitt ihm unvermittelt seinen Peitschengriff in den Magen.

Der Gefangene krümmt sich vor Schmerzen, verzerrt das Gesicht. Die Lippen entblößen seine Zähne. Er stößt ein tierisches Knurren aus. Er reißt Pruitt die Peitsche aus der Hand und versetzt dem Oberaufseher einen gewaltigen Hieb in die Schamteile. Pruitt gibt ein wildes Knurren von sich und geht in die Knie. Der Häftling stürmt los, rennt geradeaus. Der befehlshabende Offizier der Bewacher schnalzt verärgert mit der Zunge und kratzt sich an seiner schlecht rasierten Wange.

Ein vor einem der Fuhrwerke positionierter Bewacher bringt sein Gewehr in Anschlag, dessen Doppellauf geladen ist. Er strafft die Schultern, dreht sich langsam auf dem Absatz um, sodass das Gewehr dem Weg des Flüchtigen harmonisch folgt. Schließlich drückt er hintereinander auf die beiden Abzüge seiner Waffe, und die Schrotkugeln werden donnernd abgefeuert.

Auf diese kurze Entfernung – etwa zwanzig Meter – sind sie sehr wirkungsvoll. Pruitt hebt schmerzverzerrt den Kopf, als er den Schuss losgehen hört und sieht mit Genugtuung, wie die Ladung Blei dem Flüchtigen in den Rücken peitscht. Eine Wolke aus Baumwollstoff, Fleisch und Blut spritzt dem Mann aus Hintern und Kreuz. Er wird nach vorn geschleudert, er zerschmettert sich den Kiefer. Pruitt stellt belustigt fest, dass er die Flucht nicht sofort aufgibt, der Idiot versucht noch weiterzukriechen. Sein Leib ist vom Oberschenkel bis zum Kreuz verwüstet, auseinandergerissen, und das Blut quillt heraus. Zwei Bewacher packen den Verletzten an den Füßen, zerren ihn über den Boden, werfen ihn auf einen Wagen.

Pruitt ist wieder aufgestanden. Der Spaß vergeht ihm. Er hat starke Bauchschmerzen. Er hat genug. Der Gefangene namens Greene (aber noch kennt Pruitt seinen Namen nicht) hat die Peitsche aus dem Staub aufgehoben und reicht sie, Griff voran, dem Oberaufseher. Der Gefangene namens Greene hat ein von Schlägen blau geflecktes Gesicht, aber sein Mund wirkt standhaft – und sein Blick? Man kann nicht wissen, was er über den Zwischenfall denkt, der soeben stattgefunden hat. Pruitt ärgert die lässige Haltung seines Gegenübers. Er reißt ihm bösartig die Peitsche aus der Hand. Der Lederriemen brennt auf Greenes Handflächen. Er reagiert nicht. Pruitt setzt seinen Weg gemessenen Schrittes fort, die Oberschenkel leicht gespreizt.

3

Der Führer des Konvois und Pruitt befinden sich auf einer Art Veranda. Pruitt sichtet die offiziellen Papiere, durch die einige der Gefangenen Potts Aufsicht unterstellt werden, der sie arbeiten lassen wird. Gerade hält Potts seinen Arbeitskräften eine Ansprache.

«Jungs», sagt er sanft, «mein Name ist Augustus C. Potts. Mit zwei T. Und ich bin weder euer Kerkermeister noch ein Bewacher noch ein verdammter Staatsdiener. Nein, Mister! Ich bin *Mister Potts*, ein einfacher Bürger und Baumwollpflanzer...»

Er lächelt leicht. Ein Raunen läuft durch die schwarzen Häftlinge. Sie kennen Potts. Das Lächeln des Eigentümers wird nicht breiter.

«Ihr, Jungs, seid meine neue Mannschaft, ich habe euch kommen lassen, damit ihr mir helft, die Baumwolle anzubauen!»

Er nickt. Er sucht nach Worten.

«Jeder Trottel», erklärt er, «kann sehen, dass ich in dieser Gegend einen schlechten Start hatte...»

Er lächelt offen, lässt seinen Blick ostentativ über die trockene Ebene schweifen. Er erwartet, dass seine

Zuhörer es ihm nachtun, aber die Männer bleiben regungslos und verstockt, den Blick auf den Boden gerichtet.

«Aber», sagt Potts, «ihr tätet besser daran, mir zu glauben, wenn ich euch sage, dass ich mich auf dieser verdammten irdischen Welt in Sachen Baumwollanbau verflixt gut auskenne. Das sage ich euch! Und ihr tätet auch besser daran, mir zu glauben, wenn ich euch sage, dass wir heute in vier Monaten sehen werden, wie die Baumwolle sieben Fuß hoch wächst, und zwar weiß wie ein Albinoarsch! Genau das werden wir sehen!»

«Hühnerkacke», bemerkt der Offizier halblaut.

Er trinkt einen jungen und sehr herben Kornbranntwein aus einem Flachmann. Er reicht ihn Pruitt nur ungern.

«Sie kennen Potts nicht», sagt der Oberaufseher soeben.

Der Offizier zuckt mit den Schultern und lächelt verächtlich. Unterdessen redet Potts weiter, obwohl die Häftlinge offensichtlich nicht zuhören, lediglich in Reih und Glied stehen und auf den Augenblick warten, in dem sie sich ausruhen können.

«Jungs», wiederholt Potts, «alles, was ich von euch erwarte, ist, dass ihr vergesst, warum ihr hier seid. Bewegt einfach euren Arsch und bearbeitet mein Land. In dem Moment werde ich euch wie Menschen behandeln. Das heißt gutes Essen, Tabak, und verflucht mehr Freiheit, als ihr gewohnt seid, seit der verdammte Staat sich in den Kopf gesetzt hat, euch einzubuchten!»

Schweigen unter den Häftlingen. Die Reaktion
bleibt aus. Potts ist das scheißegal. Die Worte werden
den Gefangenen schon in den Schädel gehen, das ist
alles, was Potts will, der eine unbestimmte Geste
macht und sich abwendet. Er geht Richtung Baracke.
Im Vorbeigehen nickt er Pruitt zu.

«Das ist o.k. so», sagt er. «Das ist o.k.»

4

Es ist Nacht. Der Raum, den Potts sein Büro nennt,
ist vollgestopft mit Kleidern, administrativem Papier-
kram, Lebensmitteln, Kistchen, kleinen Ballen, Baum-
wollproben. Fast wie in einem Schiffsladeraum. Petroleumlampen werfen ein ungleichmäßiges, gelbes
Licht.

Potts sitzt hinter einem sehr großen, überladenen
Schreibtisch auf einem Drehstuhl. Trotz Einbruch der
Dunkelheit hat die Hitze nicht nachgelassen, und die
sonnengebräunte Haut des Eigentümers ist rot und
schweißglänzend. Seine Bartstoppeln sprießen, weiß
und hart wie Schweineborsten. Fliegen schwirren herum, angelockt durch die Lampen und Lebensmittel.
Potts zerklatscht sie blitzartig, sobald sie in Reichwei-
te gelangen. Er ist in eine Zeitschrift vertieft. In einer
Ecke des Raums schiebt Pruitt Papierstapel hin und
her.

«Der ist ja unheimlich auf den Schnaps abgefahren, dieser Konvoi-Führer da», brummt er. «Ich glaub, ich hab noch nie einen so an der Flasche hängen sehen. Irgendwas muss ihn innerlich auffressen!»

«Er kann die Welt nicht leiden», sagt Potts leise.

«Aber was sagen Sie denn dazu», ruft Pruitt plötzlich voll neidischer Bewunderung. «Was sagen Sie zu der Art, wie sie den Typen niedergemäht haben?»

Potts hebt den Kopf. Er schaut missbilligend drein.

«Gefangene umzubringen, beeindruckt mich nicht. Das heißt nur, dass wir einen Arbeiter weniger haben!»

«Ach Scheiße», stößt Pruitt aus. «Der Typ hätte sowieso bald das Weite gesucht. Sie haben uns die Mühe erspart, ihn selbst umzulegen.»

Potts betrachtet nachdenklich die Insekten, die herumschwirren.

«Du bist ein ganz Harter, was?»

«Jemand muss die Dreckarbeit machen. Das haben Sie selbst gesagt.»

«Aber dir macht das Spaß, was?», sagt Potts.

Pruitt sieht ihn an und deutet ein Lächeln an.

«Kann schon sein.»

Und als Potts sein Lächeln nicht erwidert, fährt der Oberaufseher in herausforderndem Ton fort:

«Sie und ich, wir sind nicht verheiratet, wissen Sie. Sie brauchen nur ein Wort zu sagen…»

«Das einzige Wort, das mich interessiert, ist Arithmetik», fährt Potts dazwischen. «Zehn Jahre lang musste ich Stiefel lecken, um dieses Unternehmen aufzubauen. Am besten, du vergisst das nie.»

«Sie hätten ja mehr Gefangene ausleihen können»,
legt ihm Pruitt nahe.

«Klar, und ich hätte auch Präsident der Vereinigten
Staaten sein können», sagt Potts und grinst. «Nun, das
bin ich nicht! Und ich weise dich darauf hin, dass die
Gefangenen Geld kosten. Und Geld ist eine Annehm-
lichkeit, die mir sehr am Herzen liegt. Und jetzt hau
ab, o.k.? Für heute ist die Schule aus.»

Pruitt zögert, dann geht er hinaus. Potts zerklatscht
weiterhin Insekten unter den Petroleumlampen…

Ein Gefangener betritt leise das Büro. Seine Handgelenke stecken in Handschellen. Er bleibt vor dem
Schreibtisch stehen. Potts zerklatscht noch immer Insekten, seine Zeitschrift vor sich.

«Hast du mir etwas zu sagen?», fragt der Eigentümer.

«Ich heiße Greene.»

«Na und?»

«Potts, mögen Sie Geld?»

«*Mister* Potts. Und was hast du gesagt?»

«Mögen Sie Geld?», wiederholt Greene ruhig.

«Kennst du jemanden, der das nicht mag?», feixt
Potts.

Greene lächelt, aber seine Augen lächeln nicht.

«Ich hab Ihnen einen Vorschlag zu machen.»

Potts reißt sich scheinbar bedauernd von seiner
Zeitschrift los und mustert Greene mit einer gewissen
ironischen Lustlosigkeit.

«Sohn», sagt der Eigentümer, «ich hab es schon mal
gesagt, ich bin nur ein gewöhnlicher, gesetzestreuer
Bürger, der euch aus rein kommerziellen Gründen

ausgeliehen hat. Aber zunächst, wie bist du überhaupt hier reingekommen?»

«Ich hab es so eingerichtet», sagt Greene.

«Eingerichtet, hm…?»

«Potts», sagt Greene, «Sie haben die Möglichkeit, etwas für mich zu tun.»

«Diese Macht habe ich? Und worin besteht diese Macht?»

Potts öffnet die Lippen. Ihm fehlen Zähne, und die verbliebenen sind schmutzig.

«Die Macht, mich abhauen zu lassen», erklärt Greene.

Potts Lächeln zittert, zuckt, wird zu einem Lachkrampf. Der Sechzigjährige brüllt vor Lachen. Er erstickt beinahe. Greene bleibt regungslos vor dem Schreibtisch stehen. Schließlich schweigt Potts.

«Dir geht's wohl nicht gut», stellt der Eigentümer kalt fest.

«Ich habe Gold», sagt Greene.

«Und ich», sagt Potts, «bin der illegitime Sohn von Abraham Lincoln. Hör zu, mein Junge…»

«Erinnern Sie sich an den Banküberfall von Flowerdale?», unterbricht Greene schnell.

Potts sieht ihn misstrauisch an.

«Du warst bei dem Coup dabei? Was hast du gesagt, wie heißt du noch mal?»

«Greene.»

Potts wühlt in den Stapeln amtlicher Papiere, die sich auf Schreibtisch und Boden türmen. Er findet nicht, was er sucht. Er wirft die Papiere aufs Geratewohl herum.

«Scheiße auch!», flucht er. «Ich habe Pruitts gesagt, er soll meine Akten in Ordnung bringen, aber...»

«Ich habe fast dreitausend Dollar kassiert», fällt Greene ihm ins Wort.

«Ach ja?», sagt Potts und wühlt weiter in den Papierstapeln herum.

«Wenn ich fast dreitausend sage», beharrt Greene, «fehlt nicht viel.»

Entnervt lässt Potts die Akten liegen. Er steckt eine Zigarre zwischen seine gelben Zähne und beugt sich über den Schreibtisch zu Greene.

«Du musst ganz schön Mumm haben», sagt er, «herzukommen und mir das zu erzählen. Ich glaube nämlich, dass du lügst!»

Greene lässt sich nicht aus der Ruhe bringen.

«Ich habe das Gold», behauptet er. «Man müsste schön dämlich sein, wenn man versuchen wollte, Sie reinzulegen.»

«Glaubst du, dass du mir vertrauen kannst?», fragt Potts nachdenklich.

«So, wie Sie mir vertrauen können», sagt Greene.

Der Eigentümer und der Gefangene sehen sich an. Potts beschließt, ein Exempel zu statuieren.

5

Greene steht am Pranger. Der Pranger war schnell und geschickt errichtet worden. Greenes Kopf ist in dem Holzrahmen eingeklemmt, ebenso wie seine Handgelenke, und zwar so, dass seine Arme unbeweglich und steif bleiben, in einer Haltung, die schmerzhaft sein muss. Schweiß läuft Greene in die Augen, und Insekten schwirren um ihn herum. Greene ist regungslos. Die Sonne brennt ihm in die Augen. Er kneift die Augen zu. Um ihn herum auf der Plantage herrscht reges Treiben.

Unmittelbar neben Greene sind zwei Gefangene damit beschäftigt, weitere Pranger aufzustellen. So würde man wissen, dass noch Platz für jene ist, die auch noch vorhaben könnten, große Töne zu spucken.

Woanders sind die Häftlinge bei der Arbeit, bauen Zelte auf, errichten Zäune und Schuppen. Die bewaffneten Aufseher peitschen jene, die bummeln, auf den Rücken. So werden Arbeitseifer und Produktivität auf einem Niveau gehalten, dass es eine Freude ist zuzuschauen.

6

Es ist die zweite Nacht, die Greene auf der Plantage verbringt, und er hängt immer noch mit Kopf und Handgelenken in dem Holzrahmen, an dem sich sein Fleisch entzündet. Sein verstaubtes Gesicht mit den trockenen Lippen hat im Dämmerlicht eine weißliche Färbung angenommen. Vom Schweiß verursachte Furchen und Risse laufen über diese Maske. Greenes helle Haare sind zerzaust, steif vor Schmutz und Schweiß und bilden dunkle Büschel.

Pruitt hält sich auf seinem Pferd in der Nähe des Gemarterten auf. Er ist vornübergebeugt. Sein Mundwinkel zuckt vor Gier und Nervosität in seinem schmalen Mund. Er spricht, hektisch, halblaut. Er atmet heftig.

«Ist das wahr?», fragt er, «du hast wirklich dieses Gold?»

«Das habe ich dir doch schon gesagt», brummt Greene.

«Potts glaubt nicht daran.»

«Bist du deshalb hergekommen, um mir das zu sagen?», fragt Greene.

Pruitt zögert. Er blickt rundherum in die Dunkelheit, gibt seinem Pferd dann leicht die Sporen, so dass es noch näher an Greene herankommt.

«Was hast du gesagt, wie viel hast du noch mal?»

«Dreitausend», brummt Greene, und seine Maske wird noch rissiger, als er lächelt. «Wir haben den Bankdirektor in Tränen aufgelöst zurückgelassen.»

«Das gibt zu denken», murmelt Pruitt. «Trotzdem, wenn ein Typ beschließen sollte, dich hier rauszuholen, bräuchte er seine Gründe...»

«Dreitausend Gründe», sagt Greene verächtlich.

Pruitt antwortet nicht und gibt seinem Pferd erneut die Sporen. Das Tier trägt ihn langsam in die Dunkelheit davon. Greene sieht ihn verschwinden. Er sieht ihn nicht mehr. Er ruft ihn nicht zurück. Er weiß, dass er wiederkommen wird.

7

Es sollte der zweite Tag unter der Sonne sein, den Greene auf der Plantage beginnt, aber nein, der junge Mann ist auf dem Sitz eines Pferdewagens zusammengesunken, der sich von der Plantage entfernt, der sogar schon ein ganzes Stück weit weg ist.

Pruitt hält die Zügel. Der Oberaufseher ist nervös, verkrampft. Er beißt sich auf die Lippen.

«Bist du dir auch wirklich sicher?», fragt er und lässt den Blick unruhig suchend über die rötliche Ebene schweifen.

«Na klar», sagt Greene ruhig. «Ich war ja schon mal hier, oder?»

Pruitt verzieht das Gesicht, peitscht auf die Pferde ein. Der Wagen frisst weiterhin Kilometer. Greene für seinen Teil sackt noch ein wenig mehr zusammen auf der Suche nach einer möglichst bequemen Position, obwohl seine Handgelenke an das Eisengestell des Sitzes gekettet sind. Ein über die Augen gezogener Hut schützt ihn vor der Sonne, nicht aber vor dem Staub.

Die Ebene rings um den Wagen ist eintönig. Es scheint fast unmöglich, sich dort zurechtzufinden. Greene scheint das jedoch zu gelingen. Unermüdlich und präzise weist er Pruitt den Weg, weist mal in die eine Richtung, mal in die andere.

Das geht schon seit Stunden so.

Und plötzlich hat Pruitt die Schnauze voll. Er stoppt den Wagen auf der Höhe eines Geländevorsprungs, betrachtet die sterile und leere Landschaft. Dann wendet er sich Greene zu, dessen Gesicht er unter dem Hut nicht sehen kann. Pruitt ist wütend. Der Schweiß tropft ihm vom Gesicht.

«Du weißt genauso wenig wie ich, wo wir hinfahren!», schleudert er ihm zornig entgegen, hofft aber, dass er sich täuscht.

Greene schiebt seinen Hut zurück und schaut in die Ebene.

«Ich habe nie eine Bank überfallen», erklärt er ruhig.

Pruitt kann das nicht glauben. Er reißt die Augen auf. Jeder Muskel in seinem Gesicht zuckt, scheint ein Eigenleben zu führen.

«Du hast mich diesen ganzen Weg zurücklegen lassen und mich dabei belogen!»

Er schreit. Er ist ganz rot. Er will nicht, dass Greene ihm antwortet. Mit dreitausend Dollar kann ein Mann sein eigener Herr werden, aus der Scheiße rauskommen. Pruitt erlebt einen großen Augenblick. Er will sein Leben nicht verpfuschen. Aber Greene hat offenbar seinen Spaß.

«Das trifft es in etwa», murmelt der Gefangene.

Pruitt schüttelt wütend den Kopf. Am liebsten hätte er Greene auf der Stelle umgebracht.

«Du sagst mir jetzt, wie wir hier wieder rauskommen!», brüllt er.

«Natürlich», sagt Greene, «aber wir gehen nicht in dieselbe Richtung, du und ich.»

«Das soll wohl ein Scherz sein», sagt Pruitt, dem zum Heulen ist, und zieht seinen geladenen Revolver, zielt auf Greenes Gesicht. «Warte nur», schnaubt er wütend, «warte nur...»

Mit einem Daumendruck spannt er den Remington. Aber er ist zu nah an Greene dran, der sich gegen ihn wirft. Der Revolver entgleitet Pruitts hektischer Umklammerung, dessen Handgelenk dabei zerkratzt wird. Die Waffe fällt auf den Wagenboden. Durch den Stoß löst sich die gut geölte Feder. Der Hahn schnappt zu. Ein ohrenbetäubender Knall hallt durch die Ebene. Pruitt stößt ein verblüfftes Grunzen aus, kippt von seinem Sitz, ohne die Zügel loszulassen, und stürzt in den Staub. Die Pferde straucheln, erschreckt durch den Schuss. Sie wiehern. Pruitt zerrt hektisch an den Zügeln. Er fühlt sich unfähig, sich auf den Beinen zu halten. Der Schmerz kommt fast sofort, strömt in sein Bein, steigt Richtung Kehle. Pruitt windet sich im Staub, schließt die Augen, beißt sich auf die Lippe, verzieht kläglich das Gesicht.

Greene sitzt im Wagen und müht sich ab. Er hat es

geschafft, den Revolver mit dem Fuß zu sich heranzu-
ziehen. Er spannt ihn neu. Aus zusammengekniffenen
Augen betrachtet er den Oberaufseher, der vor sich
hin zappelt und den Schlüssel zu den Handschellen
verwahrt, mit denen Greene an den Sitz gekettet ist.

Krank vor Entsetzen rutscht Pruitt fieberhaft herum. Er hat ein Messer aus der Tasche gezogen, zer-
schneidet das blutige Leder seines Stiefels, reißt sich
den Stiefel mit einem animalischen Schrei vom Fuß.
Er schluchzt vor Entsetzen. Die Bleikugel hat ihm den
Fußrücken zermalmt. Knochensplitter und Fleisch bilden eine blutige Masse.

«Das tut weh, was!»

Mit schmerzverzerrtem Gesicht wirft Pruitts Greene
einen hasserfüllten Blick zu.

«Was du nicht sagst. Aber ich habe immer noch die
Zügel in der Hand. Deine Knarre wird dir nichts nützen.»

«Du wirst verbluten», bemerkt Greene.

«Mit einer Fußverletzung», höhnt Pruitt.

Greene entspannt sich erneut auf seinem Sitz, lehnt
sich bequem zurück, den durchgeladenen Remington
auf dem Schoß.

«Wie du willst», sagt er. «Es ist nicht mein Fuß...»

Mit zusammengebissenen Zähnen reißt Pruitt einen
Zipfel von seinem Hemd und wickelt die nicht ganz
saubere Wäsche um seinen zerschmetterten Fuß. Sofort durchnässt das Blut den Stoff, quillt hindurch,
spritzt heraus. Schon durchtränkt eine ordentliche
Menge den Staub.

«Wenn du mir die Handschellen aufmachen würdest», sagt Greene leise, «wäre es für uns beide einfacher.»

Pruitt antwortet nicht. Er reißt gerade ein weiteres Stück von seinem Hemd. Er erinnert an ein geistesgestörtes Kind. Brummelnd wechselt er seinen Verband. Das Blut rinnt noch immer, scharlachrot und klebrig.

«Eine Sträflingskugel am Knöchel, das wirst du davon haben», murmelt Pruitt. Eine rote Kugel. Hörst du? Eine Kugel am Fuß!»

Er brüllt. Er ist tränen-, rotz- und blutverschmiert. Greene schießt ihm eine zweite Kugel in den Fuß. Das Schienbein bricht, und der Schock strahlt bis in Pruitts Knie und darüber hinaus. Der Oberaufseher wälzt sich im Staub und stößt spitze Schreie aus. Greene runzelt die Stirn und wartet.

«Du bist ja verrückt!», schreit Pruitt.

«Niemand wird mir eine Kugel anlegen, du elender Hurensohn», erklärt Greene. «Und jetzt wirst du mir diese Handschellen abnehmen, oder ich mache dich endgültig fertig ... Und zwar langsam!»

Pruitt verharrt regungslos. Greene spannt den Remington erneut und drückt auf den Abzug. Die Kugel wirbelt zwischen Pruitts Beinen eine Staubwolke auf, die dem Oberaufseher gegen den Hodensack peitscht. Der Mann wimmert vor Entsetzen.

«Wie kann ich wissen, dass du mich anschließend nicht umbringst?»

«Gar nicht!», höhnt Greene.

Pruitt senkt den Kopf, beißt die Zähne zusammen. Er kriecht zum Wagen. Auf dem gesunden Fuß zieht er sich mit Hilfe seiner Hände auf Greenes Höhe.

Ängstlich blinzelnd öffnet er die Handschellen. Greene wirft sie weit fort, steht auf und steckt den Revolver in die Hose. Pruitt bleibt an den Wagen geklammert stehen, keuchend, und der Boden trinkt noch immer sein Blut.

Greene ist aus dem Wagen gestiegen. Rasch spannt er eines der Pferde aus, steigt auf. Mit einer Handbewegung zeigt er dem Oberaufseher den Rückweg. Pruitt schüttelt den Kopf, wagt noch nicht zu glauben, dass er vielleicht überleben wird.

«Ist das nicht wieder eine von deinen Lügen?»

«Was würde mir das nützen?», fragt Greene und zuckt mit den Schultern.

Er wendet sein Pferd. Während Pruitt sich mühsam wieder auf seinen Sitz begibt, fällt der Gefangene in den Galopp, reitet davon. Pruitt sieht ihm nach. Er fragt sich, für welches Verbrechen Greene verurteilt wurde. Das muss eine Riesenschweinerei gewesen sein.

Greene entfernt sich immer weiter, und einen Augenblick später verschwindet er, er kann Pruitts Wagen nicht mehr sehen, und Pruitt kann ihn nicht mehr sehen.

Grün. Frische. Bäume und mehrjähriges Gestrüpp füllen die kleine Schlucht fast aus, die in einer Sackgasse mündet. Vogelgezwitscher hallt durch das Laubwerk. Federvieh und Felltiere rascheln im Gestrüpp.

An dem steilen Hang am Ende der Schlucht lehnt eine Blockhütte. Sie verschmilzt mit ihrer Umgebung. Die Bäume verbergen sie von allen Seiten. Neben der Hütte grast Greenes Pferd, frisch, ausgeruht und ruhig, und genießt die paradiesische Natur der Landschaft in vollen Zügen.

Zwischen den Bäumen steigt schwacher Rauch von einem kleinen, zwischen den Felsen verborgenen Feuer auf. Neben dem Feuer, eine Leinentasche. Über dem Feuer, an einem schrägen Ast baumelnd, ein Kaninchen, das die paradiesische Natur der Landschaft für seinen Teil nicht in vollen Zügen genießt, denn es ist tot, man hat ihm die Haut abgezogen und die Eingeweide entfernt, es brät. Sein schmelzendes Fett tropft mit leisem Zischen ins Feuer.

Greene taucht auf. Er kommt zwischen den Stämmen hervor, eine Axt über der Schulter, und schleppt einen dünnen, ziemlich langen Baum hinter sich her, den er soeben geschlagen hat. Sein Gesicht ist entspannt, entspannter als seit Monaten. Nicht weit entfernt muss es Wasser geben, denn, ganz zu schweigen von der üppigen Vegetation, ist Greene sauber, die Staubkruste, die sein Gesicht bedeckte, ist verschwunden, seine Haut ist glatt und braun, seine Haare

locken sich, statt in verdreckten Büscheln herabzu-
hängen.

Der junge Mann lässt den Baum, den er geschleppt
hat, neben der Hütte fallen. Er schlägt die Axt mit of-
fensichtlicher Befriedigung in den Baum. Seine Muskeln spielen mühelos. Er geht zum Feuer, und sein
Gang ist federnd. Nachdem er nach dem Kaninchen
gesehen hat, das brät, bückt er sich, um in der Leinentasche neben dem Feuer herumzuwühlen. Er zieht
kleine Lederbeutel hervor, die Salz und Pfeffer enthal-
ten. Er würzt das Fleisch. Er verzieht das Gesicht, weil
die Säckchen dann leer sein werden. Er leert sie. Das
Kaninchen brät weiter goldbraun. Greene läuft das
Wasser im Mund zusammen, aber der junge Mann ist
nicht ungeduldig, weil er jetzt wieder alle Zeit für sich
hat. Er hat Pruitt vergessen, die Peitschenhiebe, die
verfluchten Ketten, den Namen des Staatsgottes.
Greene streckt sich neben dem Feuer aus und räkelt
sich glücklich, während er darauf wartet, dass das gut
gewürzte Fleisch gar wird.

Kein Salz mehr, kein Pfeffer mehr, bald keine Munition mehr. Es ist unerlässlich, dass er sich kurz der
Zivilisation nähert. Nachdem er das Kaninchen ver-
schlungen, das Feuer gelöscht und den Baum in eine
Reihe Scheite zerlegt hat, die nun ordentlich an der
Seite der Hütte gestapelt sind, tritt Greene ausgeruht
und satt aus dem kleinen Bau, einen Sattel über der
Schulter. Er schließt die Tür wieder, die kein Schloss
hat, sondern eine kleine Vorrichtung bestehend aus einer Schnur und einem Riegel. Dieses Schloss ist eher
dazu gedacht, Unwetter und Tiere fernzuhalten als

Menschen. Ein Fußtritt würde genügen, um es aufzubrechen. Aber Menschen kommen nicht bis hier her, jedenfalls keine zivilisierten.

Greene hat sein Pferd gesattelt. Er richtet die Sattelgurte. Er steigt auf das Tier. Er kramt in seinen Satteltaschen, zieht seinen Revolver hervor und prüft die Kammern der Trommel. Eine einzige ist noch voll. Greene stopft sich die Waffe in den Gürtel und gibt seinem Reittier leicht die Sporen, es setzt sich in Bewegung. Im Vorüberreiten pflückt der junge Mann einen kleinen, dünnen Zweig aus dem Blätterwerk und steckt ihn sich zwischen die Lippen. Er reitet an der Blockhütte entlang und dringt in das Dickicht ein, Richtung Ausgang der Schlucht. Die Natur um ihn herum ist unberührt, und das ist eine Pracht. Greene ist glücklich.

Er legt einige Kilometer zurück. Er kennt die Gegend seit langem. Er bewegt sich mit Leichtigkeit fort, instinktiv, und verschmilzt mit dem Boden und der Vegetation.

In einem Tal breitet sich eine kleine Stadt aus. Flussaufwärts, an einem ziemlich steilen Hang, erhebt sich eine gräuliche Baracke, eine Art Saloon. Der Bau ist ohne Nägel zusammengesetzt worden, mit Holzdübeln. Er stammt aus der Vorkriegszeit und hat dem Krieg gut standgehalten, aber das Holz beginnt zu faulen.

Greene ist in die Stadt gegangen und hat sich mit Salz, Pfeffer und Munition eingedeckt. Jetzt sitzt er an der Rückfront der Baracke. Er schießt auf leere Bierflaschen, die auf dem Hang verstreut sind. In dem

Tal herrscht Betriebsamkeit, es wird gebaut. Neues Gebälk ragt empor. Das Holz ist noch feucht von seinem Saft. Die Nägel dringen quietschend ein. Die Tragwerke sind jetzt schon schief. Man macht schöne, grelle Reklameschilder für sie. Greene schießt auf die Bierflaschen und schaut sich nicht das Tal an.

Hinter Greene tönt ein obszönes Lied, ausgestoßen von der krächzenden Stimme eines alten Mannes. Der Mann taucht aus dem Saloon auf. Er ist vielleicht siebzig, hält sich aber gerade, obwohl er sternhagelvoll ist. Seine weißen Haare flattern über seinen Schultern. Sein Gesicht verschwindet fast unter dem Bart. Seine Augen sind blau, sein Blick ist strahlend und lüstern. Er hält einen Arm voll ungeöffneter Bierflaschen. Er setzt sich neben Greene, der nicht weiter reagiert. Während der junge Mann unter seinen Kugeln einige leere Flaschen zerplatzen lässt, öffnet der Alte mit einem Fausthieb eine volle Flasche und genehmigt sich wohlig einen großen Schluck. Er wischt sich die Lippen mit dem Handrücken ab und rülpst vergnügt.

«Ich freue mich wirklich, dich zu sehen», sagt er zu Greene, «aber wenn du weiterhin die Flaschen umnietest, müssen wir sie verdammt noch mal schneller leeren!»

Greene lächelt.

«Was dagegen?»

Der Alte lacht laut auf, pufft Greene gegen die Schulter. Er ist zahnlos, aber sein Lachen ist dennoch nicht hässlich.

«Nein, verdammt! Aber ich könnte wetten, dass die *Missouri & Great Western Beer Company* was dagegen hat.»

Er nickt, lacht still weiter, trinkt und rülpst erneut.

«Deren Dreckskerl von einem Verkaufsleiter», feixt er, «verbringt seine Zeit damit, mir auf den Sack zu gehen, weil ich ihnen geschrieben habe, dass es die Indianer sind, die hier das ganze Bier klauen.»

Der Alte trinkt seine Flasche aus und wirft sie fort. Ein Wink mit dem Zaunpfahl für Greene, seinen Remington durchzuladen. Die Flasche fliegt. Greene drückt auf den Abzug. Die Flasche zerspringt, bevor sie den Boden berührt. Der Alte macht noch eine auf und nimmt sie in Angriff. Ein wenig Bier hinterlässt Schaumblasen auf seinem dicht behaarten Kinn. Er schüttelt den Kopf.

«Der Blödmann», bemerkt er. «Er nennt sie die ganze Zeit ‹Aborigines›. Mein Gott!»

Der Alte ist betrunken, und er betrinkt sich weiter. Er trinkt die Flasche aus, wirft sie fort. Greene schießt darauf. Sie zerspringt. Der Alte hat grinsend schon eine neue Flasche geöffnet, während Greene seine Waffe neu lädt. Der junge Mann wirft einen Blick ins Tal hinunter. Sein Gesicht ist ausdruckslos, aber plötzlich macht er seinen Revolver leer, und sechs leere Flaschen zerbersten unter den Bleikugeln in tausend Stücke. Das Feuer war sehr schnell, sehr präzise. Der Alte stößt ein anerkennendes Brummen aus, trinkt erneut einen Schluck, wirft einen verächtlichen Blick in Richtung Stadt.

«Sie bauen uns eine verdammte Metropole!», ruft er wütend aus. «Mit Feuerwehrauto, Bürgermeister und sogar einem Marschall mit fettem Arsch!»

Er schüttelt den Kopf. Greene lädt neu durch.

«Ich finde das schrecklich», erklärt der junge Mann.

«Natürlich ist das schrecklich! Sie haben sogar den Namen der Stadt geändert.»

Greene mustert den alten Säufer ungläubig.

«Sie wird ‹Blühende Hügel› heißen. Das ist kein Witz! Ah! Mein Gott...»

Er zeigt auf die Stadt. Dort unten, inmitten der Bauarbeiten, malen fröhliche Arbeiter ein riesiges Schild, auf dem schon das Wort ‹Blühende› zu erkennen ist. Der Alte schüttelt den Kopf, hickst, wird von Gelächter übermannt. Bald schütteln er und Greene sich vor Ausgelassenheit. Das ist gut. Das entspannt. Langsam beruhigen sie sich. Der Alte ist außer Atem.

«Alter», sagt Greene zärtlich, «Wie wär's, wenn wir bei *La Veuve* vorbeischauen würden, du und ich, eine schnelle Nummer schieben?»

Der Alte betrachtet nachdenklich die Innenseite seines staubigen Oberschenkels.

«Das hab ich schon eine ganze Weile nicht mehr gemacht», seufzt er. «Das ist mir sozusagen vergangen...»

«Komm trotzdem mit», sagt Greene fröhlich. «Du kannst mir immer noch Ratschläge geben.»

Der Alte erstickt fast an seinem Bier. Er spuckt einen Schluck Flüssigkeit aus und lacht, aber aus seinem Lachen wird ein Husten.

«Greene», hickst er, «du machst mir Spaß! Aber

mein Gott, *La Veuve* ist nicht mehr hier… Sie ist fortgegangen!»

«Fortgegangen?», wiederholt Greene. «Alle Nutten?»

«Alle anständigen Nutten vor dem Herrn! Haben
die letzten zwei Monate in dem nagelneuen Gefängnis
verbracht, gleichzeitig mit Malcolm Cours-les-Toutes,
Charlie Belle-Pince und all den anderen berühmten
Mistkerlen…»

Greene schüttelt den Kopf. Er wirkt deprimiert,
dann besorgt. Er schluckt ein wenig Bier und sieht den
Alten fragend an. Der Alte wendet den Kopf ab.

«Ja», sagt er widerwillig. «Sie auch…»

Greene sagt nichts. Seine Augen verengen sich. Er
trinkt seine Bierflasche aus und wirft sie wütend auf
den grasbewachsenen Hang.

«Ah!», seufzt der Alte. «Es ist wahrlich nicht mehr
so, wie es einmal war. Alle sind fortgegangen oder tot
oder liegen im Sterben. Das ist das, was die anderen
Fortschritt nennen.»

Er sinkt in sich zusammen, Körper und Seele
schwer vom Bier oder etwas anderem. Seine Augen
sind feucht.

«Das Einzige, was heutzutage wichtig scheint, ist,
wie viel Knete du in der Tasche hast. Du kannst
nicht mal mehr in Ruhe scheißen, ohne dass man über
dich herfällt, um zu sehen, ob du was zu verkaufen
hast.»

Mit einem kurzen Schlag hat der Alte eine neue
Bierflasche geöffnet und reicht sie Grecne, der immer
noch nichts sagt.

«Greene, du solltest besser abhauen. Ich schwör's, selbst so was wie dein kleines Tal ist für'n Arsch. Die Stadt hat es schon für weiß der Geier was verplant!»

Die Gesichtszüge des jungen Mannes sind angespannt. In seinem Blick blitzt es kalt auf. Er trinkt.

«Komm mit mir», sagt er zu dem Alten.

Der andere schüttelt den Kopf.

«Nein, Mister! Ich werde nur hier sitzen bleiben und das Bier von diesem Arschloch aus Missouri saufen, bis er Pleite macht oder ich in der Hölle bin, fertig aus!»

Greene lächelt traurig oder vielleicht zärtlich. Er streckt sich vollständig in der Sonne aus. Der Alte reicht ihm noch eine Flasche.

«Alter», sagt Greene, «du wirst sicherlich den besseren Teil abbekommen.»

Der Alte antwortet nicht, und Greene hebt die Flasche mit gestrecktem Arm, kippt sie sanft und lässt das Bier mit geschlossenen Augen über sein Gesicht laufen.

Greene betritt das zentrale Warenhaus und pfeift bewundernd. Denn der Laden hat sich ganz schön
verändert. Er quillt jetzt über vor Waren. Der junge
Mann lässt die Lebensmittel, Stoffe, Werkzeuge und
Haushaltswaren, die sich im Überfluss türmen, links
liegen, steuert den hinteren Teil des Raums an und
bleibt vor dem Regal mit den Feuerwaffen stehen. Die
Gestelle sind staubig, und staubig sind auch die langen
Gewehre, die in dem Dämmerlicht glänzen. Greene
greift sich vorsichtig ein Winchester-Repetiergewehr.
Seine Hände gleiten mit Freude über das bläuliche
Metall der Waffe, über das polierte Holz des Gewehr-
kolbens...

«Können Sie gut schießen, Mister?»

Die Stimme ist piepsig, leicht feindselig. Greene
betrachtet das Kind, das gerade aufgetaucht ist, ein
kleiner Junge von etwa zehn Jahren in kurzen Hosen,
der aber fast wie im Sonntagsstaat wirkt.

«Ich hab noch nie jemanden gesehen, der gut schießen kann!», erklärt der Fratz herablassend.

Greene lächelt, ohne zu antworten, lässt seinen
Blick über den Laden schweifen. Der Patron des Ladens, äußerst akkurat gekleidet, bedient gerade mit
Getue eine junge Dame mit verkniffenem Mund und
trockener Haut. Die Kundin fügt die Heilige Schrift zu
ihren Lebensmitteleinkäufen hinzu.

«Drei neue Familien allein diese Woche, Mister»,

verkündet sie durch ihren verkniffenen Mund. «Das macht neunzehn in unserer Gemeinde. Wir hatten gehofft…»

Greene hört nicht mehr hin. Sein Blick kehrt zu dem Jungen zurück. Dieser lächelt entschuldigend.

«Das ist Mama», erklärt er seufzend.

Dann leuchtet sein Gesicht wieder auf, als er begierig die Winchester betrachtet.

«Sind Sie sicher, dass Sie nicht gut schießen können?»

Greene zögert, lacht.

«Pass auf, du Knirps!»

Mit dem Fuß hat er blitzschnell die Beine des Jungen auseinandergetreten, der sich gegen den Tresen fallen lässt. Gleichzeitig springt Greene auf, wirbelt herum und drückt den Abzug der Waffe, die er angelegt hat, betätigt schnell den Repetierhebel und nimmt imaginäre Feinde unter Beschuss. Die Winchester klickt leer. Der Junge sitzt am Fuß des Tresens und macht große Augen.

Durch den Lärm aufmerksam geworden, haben der Händler und seine Kundin sich dem hinteren Teil des Ladens zugewandt.

«Muss das wirklich sein?», fragt die Kundin schneidend mit verkniffenem Mund.

Greene bleibt stehen.

«Vielleicht nicht, aber es ist verdammt lustig.»

Das verkniffene Gesicht wird noch verkniffener.

«Mein Herr», erklärt die Dame «aus Ihrem Mund kommen gotteslästerliche Worte!»

«Nervensäge», sagt Greene und richtet die Winchester auf sie, aber die beleidigte Dame kehrt ihm den Rücken zu. Greene zuckt mit den Schultern und legt die Waffe auf den Tresen. Fast verlässt ihn seine gute Laune, aber sie kehrt zurück, als der junge Mann in einer Ecke graue, verbeulte und kleine Hüte entdeckt, jämmerliche Deckel, wie sie im Osten getragen werden. Greene tritt näher, ergreift eine Kopfbedeckung, stülpt sie sich auf den Kopf und bewundert sich in einem Spiegel. Er lacht sich schief.

Der Kaufmann wird unruhig. Er entschuldigt sich. Er kommt näher.

«Kann ich Ihnen helfen?», fragt er verstimmt.

Greene antwortet nicht, wirft den Hut auf den Tisch und wendet sich den eleganten Klamotten zu, die an Bügeln hängen.

«Kenn ich dich nicht irgendwoher?», fragt der Kaufmann, dessen schlechte Laune wächst. «Du hast früher hier gewohnt, nicht? Auf dem Hügel?»

Greene hält sich einen Anzug vor den Körper und versucht, die Wirkung im Spiegel auszumachen. Er wendet sich wieder dem Mann zu. Dieser ruft verärgert aus:

«Das hätte ich mir denken können! Du bist es, der seit einigen Wochen bei dem Alten ist, was? Kannst du mir eins sagen? Wozu seid ihr gut, hä, außer diese Stadt so wie vor zwanzig Jahren zu erhalten?»

Er wedelt energisch mit dem Finger vor Greenes Nase herum, der ihn verächtlich anschaut. Von der Straße hinter dem Fenster aus ist lautes Stimmengewirr zu hören. Ein großer Menschenauflauf stürmt freudig grölend herbei, als das große neue Schild mit *Blühende Hügel* in schreienden Farben vorbeizieht.

«Du hast keinen Grund, dich zu beklagen», bemerkt Greene. «Die Zivilisation ist trotz allem gekommen, könnte man meinen.»

«Das ist ein großer Tag für diese Stadt!», verkündet der Händler nachdrücklich. «Und ein Schritt nach vorn für das ganze Land!»

Greene ist angewidert. Er wirft den Anzug, den er betrachtet hatte, auf den Boden, sucht einen anderen. Der Händler sammelt die Kleider mit grimmigem Gesicht auf. Aber vor allem erfüllt ihn die Freude, Recht zu haben.

«Hast du etwas gegen Veränderung?», fragt er großtuerisch.

«Das kommt drauf an, wer was ändert!»

Und Greene wirft noch einen Anzug auf den Boden, wühlt weiter in der Abteilung herum. Der Kaufmann hat die Schnauze voll.

«Ich hoffe, du kannst zahlen», sagt er schroff.

Greene stößt den Mann beiseite, legt den Anzug, den er sich ausgesucht hat, auf den modernen Hut und wirft ein schweres Goldstück über seine Schulter. Der Kaufmann fängt es im Flug wie ein Affe, beißt hinein und zieht eine gewaltige Geldbörse aus Stoff aus seiner Tasche. Inzwischen hat Greene seinen Anzug zu einem langen Paket gefaltet. Der Hut ist verschwunden. Der junge Mann dreht sich lässig um, nimmt die Handvoll zerknitterter Scheine – sein Wechselgeld –, die der Händler ihm reicht.

«Du bist nicht mehr der Alte, was, Cotch?»

«Was?», sagt der Händler.

«Ausnahmsweise», grinst Greene hämisch, «hast du mich nicht übers Ohr gehauen.»

10

Nacht. Weiter südlich. Der Zug braust Richtung San Antonio und darüber hinaus, über die Grenze und den Rio Grande, Richtung Monterrey und San Luis Potosi, Richtung Mexiko. Die schlecht beleuchteten Waggons sind vollgestopft mit Minenarbeitern, Cowboys, Hausierern. Spieler mit schlanken Fingern drängen sich durch die Menge. Hier und da werden Partien eröffnet. Man spielt Würfel, Poker, Blackjack. Qualm, Schweiß, Lärm. Männergerüche. Tabak. Flüche. Der Krach der Räder, die über die Schienen tanzen.

Zwei Männer gehen den Waggon entlang. Der eine, groß und grell gekleidet, trägt einen Revolver, der sehr tief an seinem Oberschenkel festgeschnallt ist. Der andere ist kleiner, hat ein zerfurchtes Gesicht, und seine Finger streichen unablässig über das Gewehr mit dem abgesägten Lauf, das er in der Hand hält. Beide schauen griesgrämig drein. Sie haben gerade beim Würfeln ihre letzten Dollar verloren. Sie weigern sich, sich geschlagen zu geben. Es kann sich lediglich um eine Pechsträhne handeln. Sie müssen sie nur überwinden, und sie werden beide reich sein, bevor sie auch nur San Antonio passiert haben.

Ihre Blicke schweifen umher, suchen einen Dummen. Hier und da schnarcht ein Besoffener mit offenem Mund. Der Mann mit dem Revolver und der Mann mit dem Gewehr nehmen sich seine Taschen vor. Vergeblich. Jemand anders war schon längst dort gewesen. Was die Passagiere betrifft, die weder in ein Spiel vertieft noch besoffen sind, empfiehlt es sich nicht, sich an sie heranzumachen.

Schließlich entdeckt der Mann mit dem Gewehr das Traumopfer. In einer Ecke des Waggons döst eine Gestalt im Sonntagsstaat, den Hut über den Augen. Der Reisende ist nach der Mode im Osten gekleidet. Er ist eindeutig ein kleiner Grünschnabel, der leicht einzuschüchtern ist. Die beiden Männer umzingeln ihn, piksen ihm mit angewinkeltem Finger in die Rippen. Der Einfaltspinsel rührt sich kaum.

«Könnten Sie uns nicht vielleicht fünf Dollar leihen?»

«Das soll wohl ein Witz sein!», sagt der Trottel, der sich nicht zu rühren wagt.

«Nur fünf Dollar, kommen Sie schon…»

«Aber», fügt der Mann mit dem Revolver hinzu, «wenn Sie uns natürlich nichts leihen wollen…»

«Ich will Ihnen nichts leihen», sagt der Trottel entschieden.

«In dem Fall», sagt der Mann mit dem Revolver, «müssen mein lieber Freund und ich Sie auf die Gefahr hinweisen, die Sie eingehen, wenn Sie diesen Zug nehmen, einfach so, ganz allein…»

Er grinst, nicht unzufrieden mit seiner Formulierung. Der Einfaltspinsel muss verstanden haben, denn er reicht den beiden Männern schlagartig einen Fünfdollarschein.

«Nehmen Sie», sagt er. «Sie machen mir Angst!»

Die beiden Spieler gehen zufrieden wieder zu ihrer Würfelpartie zurück. Und verlieren. Und kehren zu dem Einfaltspinsel zurück.

«Könnten Sie uns nicht noch etwas leihen, mein Freund?»

«Ich bin nicht die Bank der Vereinigten Staaten.»

«Wir bitten Sie nur um fünf Dollar!»

«Ich verleihe kein Geld.»

«Was sagst du da?», fragt der Mann mit dem Revolver böse.

«Das war keine Leihgabe», erklärt der Reisende.

«Was war es dann?»

«In Anbetracht der Geschwindigkeit, mit der Sie verloren haben», bemerkt der Reisende, «würde ich das ein Almosen nennen.»

«Denkst du vielleicht, wir sind zwei Blödmänner?», fragt der Mann mit dem Revolver.

«Ich weiß nicht genau, was Sie sind.»

«Nur, weil wir eine Pechsträhne haben», erklärt der Mann mit dem Gewehr, «hast du noch lange nicht das Recht, schlecht über uns zu reden.»

Der Reisende im Sonntagsstaat seufzt.

«Ich habe Ihnen gesagt, dass ich nicht die Bank der Vereinigten Staaten bin. Und ich bin auch nicht Jesus Christus. Sie sollten sich besser woanders umsehen.»

Er steht auf. Die beiden Männer stoßen ihn in seinen Sitz zurück. Der Reisende lässt sich gegen die Lehne prallen. Ein Revolver ist in seiner Hand aufgetaucht. Er schüttelt verärgert den Kopf. Er will keinen Krach. Er ist auf dem Weg nach Süden, Richtung Callie, dann Richtung Mexiko, wo niemand jemanden namens Greene, einen entflohenen Sträfling, kennt oder sucht.

Er steht wieder auf und geht auf die beiden glücklosen Spieler zu, die zurückweichen, gezwungen sind, sich ihm gegenüber hinzusetzen. Greene weist auf das Fenster.

«Aufmachen», befiehlt er dem Mann mit dem Gewehr.

Der andere wendet sich ab, und sein Daumen gleitet zu den beiden Hähnen seiner Waffe. Greene verpasst ihm einen Fußtritt, entreißt ihm das abgesägte Gewehr, weicht zurück, die Waffe auf die beiden Männer gerichtet. Alle drei wissen, dass das Schrot den beiden Spielern auf diese kurze Entfernung ins Gesicht fliegen und drei Viertel ihres Gehirns mit fortreißen würde. Die Spieler erstarren. Ein wenig Schweiß tropft aus ihren Haaren, läuft über ihre breite Stirn.

«Aufmachen», befiehlt Greene erneut.

Vorsichtig öffnet der Mann mit dem Gewehr, der kein Gewehr mehr hat, das Fenster.

«Gut», sagt Green. «Und jetzt raus.»

Der andere sieht ihn bestürzt an.

«Raus, hab ich gesagt», zischt Greene.

Der Mann wirft einen erschrockenen Blick auf seinen Kameraden, der nach wie vor erstarrt ist, dann auf die schwarze Mündung des Gewehrs. Sein Bauch schnürt sich zusammen. Er nickt nervös mit dem Kopf, klettert ungeschickt durch das Fenster. Draußen ist pechschwarze Nacht.

«Mister», ruft der Mann in kläglichem Ton. «Dabei riskiere ich meinen Hals!»

Greene lädt die beiden Läufe des Gewehrs.

«Du wirst deinen Hals riskieren», bemerkt er, «wenn du hier bleibst.»

Der Mann nickt schwach mit dem Kopf und schwingt sich ungeschickt hinaus. Die Dunkelheit verschluckt ihn. Das Gewehr richtet sich auf seinen Kameraden.

«Ich gehe nicht!», versichert der Mann mit dem Revolver nervös. »Sie können mich nicht zwingen!»

«Glaubst du?», fragt Greene.

Der Mann mit dem Revolver lässt sich sehr schnell aus dem Fenster gleiten. In dem Augenblick verändert sich das Geräusch des Zugs, wird lauter. Die Waggons vibrieren. Jemand tippt Greene auf die Schulter. Der junge Mann dreht sich zu einem anderen Passagier um, der zu ihm getreten ist und losprustet.

«Diese beiden Typen», sagt der Unbekannte nach Luft japsend und zeigt auf das Fenster… «Ich hoffe, sie können schwimmen!»

Greene versteht nicht.

«Weil», stammelt der andere, «sie mitten in einen verdammten Fluss gesprungen sind!»

Die Brücke vibriert unter den Rädern, dann verändert das Geräusch sich abermals, als der Zug wieder

auf festem Boden dahinbraust. Und Greene lässt sich
verblüfft in seinen Sitz fallen.

«Donnerwetter!», ruft er und bricht in Gelächter
aus.

11

Irgendwo zwischen San Antonio und Laredo. Es ist
noch dunkel. Greene geht eine verlassene Straße entlang, zwischen erloschenen Fassaden. Spärliche Lich-
ter weisen darauf hin, dass ein Saloon noch nicht
geschlossen hat. Abgefüllte Säufer schlummern in der
Dunkelheit der Gassen. Greene schreitet eilig aus,
ohne Gepäck. Seine vollen Lippen deuten ein Sum-
men an. Mitten am Tag, wenn die anständigen Leute
rumlaufen und ihren anständigen Geschäften nach-
gehen, mag er die Städte nicht. Aber jetzt, zwei
Stunden nach Mitternacht, wird die Stadt ihm wieder
sympathisch. Die anständigen Leute sind schlafen
gegangen. Greene ist nicht müde.

Der junge Mann biegt um die Ecke einer Gasse. In
der Dunkelheit ragt ein elegantes Haus auf. Eine rote
Lampe lässt die Außentreppe erkennen. Die Tür ist
nicht verschlossen. Greene geht hindurch.

Mit einem Blick schätzt er die rot-goldene Ausstat-
tung der kleinen Halle ab, die unechten Louis-XV.-

Stühle aus New Orleans, den weißen Schreibtisch, hinter dem eine reife, aber schlanke Dame sitzt, mit rosig aufgefrischten Wangen, aber schmalem Mund, die Arme und Hände eingepackt in schwarze Spitzenstulpen.

«Ich suche Callie», sagt Greene, ohne sie auch nur zu grüßen. «Man hat mir gesagt, dass sie hier arbeitet.»

«Erster Stock am Ende des Flurs», sagt die Puffmutter, «aber sie ist teuer...»

In ihrer Stimme klingt ein leichter, schleppender Louisiana-Akzent an, ob echt oder unecht. Greene lächelt zufrieden, holt ein Goldstück hervor und lässt es auf den Tresen fallen. Die Puffmutter lächelt nicht zurück und schüttelt den Kopf. Greene fügt noch ein Stück hinzu, und noch eins. Schließlich schüttelt die Frau nickend ihre gekünstelten Locken.

«Es freut mich», sagt Greene, «dass Sie sie nicht umsonst hergeben.»

Die Puffmutter sieht ihn kühl an. Wenn das Humor sein soll, dann eine Art, die sie nicht versteht.

Im ersten Stock am Ende des Flurs ist Callies Zimmer in Dunkelheit getaucht. Die junge Frau liegt im Bett. Zweifellos schläft sie schon, denn es ist spät.

Die Tür geht auf. Callie wird wach, richtet sich auf. Ihre blonden Haare ergießen sich über ihre kupferfarbenen Schultern. Ihr langer, schlanker, aber fleischiger Hals ist umwerfend, ihre Schultern sind rund. Ihr ausdrucksvoller Blick leuchtet. Ihr Mund ist hart.

«Arthur?», sagt sie fragend.

«Arthur!», ruft die undeutliche Silhouette ironisch, die in der Dunkelheit vortritt und sich neben Callie aufs Bett setzt.

«Scheiße!», ruft die junge Frau. «Bloß nicht du!»

«Aber ja», grinst Greene. «Ich.»

Der harte Mund lächelt boshaft.

«Macht nichts. Ist auch nicht wirklich wichtig.»

Und Callie rutscht im Bett zur Seite, um dem Mann Platz zu machen, sich auszustrecken.

«Das war es nie», bemerkt Greene.

«Du hast dich eigentlich nicht verändert...»

Greene ist unter die Bettwäsche geschlüpft. Er schlingt die Arme um die junge Frau.

«Arthur!», feixt er.

Callie wehrt sich nicht. Bald lächelt sie im Dunkeln, und sie schließt Greene in die Arme, und sie lacht still, und ihr Kopf fällt zurück, ihre Brust bietet sich dar.

«Das war gut.»

«Ja.»

«Greene...»

«Ja?»

«Warum bist du so komisch? Wirklich... Damals waren wir...»

«Ja, ja. Ich weiß!»

Greenes Hand beschreibt einen Kreisbogen im gelben Licht der Morgendämmerung.

«Das ist halt so», sagt er. «So ist das Leben. Ich meine... Scheiße, ich hab gerade einen komischen Blödmann verlassen, der versucht hat, im Süden von Texas Baumwolle anzubauen. Wenn man genau hinsieht, ist die ganze Welt voller komischer Typen.»

«Diese Typen», sagt Callie, ohne die Augen zu öffnen, «sind verschroben, aber normal. Du bist was Schlimmeres! Du hast dich in was reingeritten wegen einer Sache, die andere Leute normal finden...»

Greene will nicht diskutieren. Er schmiegt sich erneut an die junge Frau.

«Gut», murmelt er. «Aber im Bett sind wir normal, oder?»

«Greene, du verdammter Blödmann!», ruft Callie. «Wenn alles so gut gegangen wäre, warum, glaubst du, waren da dann all die anderen... all diese anderen Männer?»

«Vielleicht, weil du nie protestiert hast.»

Callie dreht sich wieder auf den Bauch, vergräbt ihren Kopf im Kissen.

«Was hätte das geändert?»

Greene betrachtet Callie versonnen, lächelt dann und gibt ihr einen gut gelaunten Klaps auf den Hintern.

«Beruhige dich, meine Liebe. Wir sind noch nicht tot!»

Er befreit sich aus dem Bettzeug, schnappt sich seine Kleider, zieht sich an. Callie dreht sich langsam zu ihm um. Da entdeckt sie zum ersten Mal den Anzug, den Greene sich zugelegt hat: ein Fatzke der Städte des Ostens. Sie macht große Augen. Greene zuckt mit den Schultern.

«Ich dachte mir, dass ich leichter nach Mexiko gelangen würde, wenn ich mich so ausstaffiere», erklärt er.

«Dorthin gehst du also?»

«Irgendwo muss ich schließlich hin.»

«Ich komme nicht mit dir», sagt Callie.

«Habe ich dich darum gebeten?»

«Nein. Aber das kommt schon noch.»

Greene wendet den Blick ab, konzentriert sich auf seine Krawatte, die er unter größten Schwierigkeiten bindet. Entnervt springt Callie vom Bett, klopft ihm auf die Finger, greift nach dem Stoff. In wenigen Sekunden hat sie einen eleganten und geschickten Knoten bewerkstelligt.

«Was ich hier habe», sagt sie, «ist besser, als zu frieren. Besser als der Dreck. Besser als all die verdammten Morgen, als ich aufgewacht bin…»

«Du hast dich wirklich gut eingerichtet», unterbricht Greene. «Du hast das schöne Leben, was?»

Callie zieht den Krawattenknoten mit einer wütenden Bewegung fest. Greenes Augen treten leicht hervor. Er schluckt.

«Das schöne Leben ist es nicht», murmelt Callie. «Aber es ist etwas anderes.»

«So scheinst du eben noch nicht gedacht zu haben.»

«Vielleicht nicht! Aber das hat nichts zu bedeuten.»

«Ach ja?»

«Leck mich am Arsch!», schreit Callie.

Greene zuckt mit den Schultern. Er wirkt nicht traurig. Er wirkt nicht fröhlich. Callie dreht sich um, wühlt unter der Matratze, zieht eine Handvoll Banknoten hervor, die sie dem jungen Mann reicht. Er weicht zurück. Sie bückt sich, stopft sie in die Tasche seiner zerknautschten Jacke. Greene lässt sie machen. Callie dreht sich um, rollt sich in die Laken, rollt sich auf dem Bett zur Wand, und Greene sieht nur noch ihren Nacken.

«Adieu, Greene.»

13

Seine Stiefel in der Hand, steigt Greene aus dem offenen Fenster des Bordells, landet sicher auf der Straße, schließt das Fenster wieder. Er will sich gerade umdrehen, als der Lauf einer Waffe durch die Luft peitscht und sich an seine Kehle legt. Greene bleibt stehen.

«Keine Bewegung», befiehlt auch schon eine barsche Stimme.

«Arthur?», fragt Greene, ohne sich aus der Ruhe bringen zu lassen.

«Ja», sagt die Stimme. «Aber die Leute nennen mich normalerweise Marschall.»

Greene erstarrt. Heute wird er den Rio Grande nicht überqueren.

14

Neben einer Schmiede stehen Häftlinge in Reih und Glied in der nebligen Morgendämmerung. Der Schmied macht sich eifrig zu schaffen. Er bereitet die Ketten und das Übrige vor. Die Gefangenen drücken sich an die Mauer, kämpfen gegen die Kälte. Bewaffnete Aufseher bewachen sie. Einer von ihnen, auf einem Muli, will Greene, den ersten Häftling aus der Reihe, vorwärts treiben. In dem Augenblick bricht die Sonne durch den Nebel und strahlt am Himmel, sie ist groß, gelb, schön. Greene wendet sich der Sonne zu und lächelt, beachtet den Reiter nicht, der ihn vorwärts treiben will. Da packt der Bewacher einen Knüppel, der an seinem Sattel befestigt ist, und schlägt Greene seitlich auf den Schädel. Greene fällt hin, mit blutüberströmtem Kopf.

«Eine rote Kugel für den hier!», ruft der Reiter.

ZWEITER TEIL

1

Auf dem Schild steht: PRIVATEIGENTUM. ZUTRITT
VERBOTEN! Einer der Aufseher der Plantage sitzt
auf einem Maultier am Rand der Staubpiste, die zu
dem Gut führt. Sein Gesichtsausdruck ist mürrisch. Er
hat große Zähne und seine Blase macht ihm zu
schaffen. Hier in der Gegend ist es immer so heiß.
Fliegen tanzen um das Maultier und den Mann herum,
die beide fast gleich riechen. Das Muli schaut auf den
Boden, der Mann zu dem Fuhrwerk, das gerade vor
der Einfahrt zur Plantage angehalten hat. Er gibt dem
Maultier die Sporen, reitet an dem Fuhrwerk entlang,
in dem sich sechs in graues Leinen gekleidete Gefangene mit Strohhüten befinden. Alle Gefangenen sind
angekettet und tragen gusseiserne, von der Gefängnis-
verwaltung rot angestrichene Kugeln. Der Mann mit
dem Maultier verzieht das Gesicht und wendet sich an
die zwei Bewacher in Uniform, die vorn auf dem
Wagen sitzen.

«Wir haben nur eine Rotkugel und fünf Leicht-
Bestrafte erwartet!», beschwert er sich.

«Und wir sind nicht das Versandhaus *Sears &
Roebuck*, erwidert der Führer des Wagens. «Unser
Chefwärter hat gesagt, dass Sie kriegen, wofür Sie be-
zahlt haben.»

«Ah, da wird sich Potts wieder mal freuen»,
schimpft der Mann mit dem Maultier.

Greene im Wagen reagiert nicht, als er den Namen
Potts hört. Er weiß seit einiger Zeit, wohin er zurück-
kehrt.

Der Führer ist vom Wagen gesprungen. Er lässt die
Heckklappe des Gefährts herunter. Die Gefangenen
steigen ohne Eile aus. Zunächst ein großer, massiger
Neger. Der Führer des Wagens konsultiert automa-
tisch seine Liste und stellt fest, dass er Bolt heißt. Hinter ihm Le Vaseux, ein dicker Weißer mit trotteliger
Miene, erloschenem Blick, von der Sonne gerötetem
Gesicht. Dann Tolliver, noch ein Weißer, etwa fünfzig, der wahrlich nicht gefährlich aussieht.

Beim Nächsten zuckt es dem Bewacher unwillkür-
lich im Gesicht. Es ist ein schlanker Schwarzer mit
Format und glänzenden Zähnen. Er tritt lässig in den
roten Staub und wirft einen Blick rundherum. Baumwolle bedeckt die Ebene. Flush lächelt.

«Nun gut!», flüstert er in bewunderndem Ton, der
vielleicht nur Spott ist.

Der Bewacher mag Flush nicht. Es ist nicht ange-
messen, dass ein Neger mit erhobenem Kopf geht, als
wären ihm die anderen scheißegal.

Wie um der schlechten Laune des Gefangenenbe-
gleiters noch einen draufzusetzen, ist der nächste Häftling ein unangenehmer Vertreter der Herrenrasse. Alt,
gebückt, mit lüsternem Blick und zitternden Lippen,
stinkt La Trime im Umkreis von drei Metern, also wesentlich stärker als der Bewacher selbst.

Der letzte Gefangene, der aus dem Wagen steigt, ist

Greene. Er ist dreckig, und der Knüppelhieb, den er kassiert hat, ist noch über seinem Ohr zu sehen. Auch er betrachtet die Felder, die bis zum Horizont von dichter, kräftiger Baumwolle bedeckt sind.

Der Gefangenenbegleiter lässt den Mann von der Plantage seine Liste unterschreiben, übergibt ihm die Akten der Gefangenen. Dann, während das Fuhrwerk umkehrt, versichert sich der Mann von der Plantage, dass sein Gewehr auch geladen ist, gibt seinem Muli die Sporen, richtet das Gewehr auf Bolt.

«Du voraus. Die anderen hinterher!»

Er wartet, bis die Männer sich in Marsch gesetzt haben, schwerfällig und mühselig, dann folgt er der Bewegung aus sicherer Entfernung, das Gewehr im Anschlag. Er versteht sein Metier.

Die kleine Kolonne überquert die Felder. Sie sind weiß vor blühender Baumwolle. Man erblickt Trupps von Strafgefangenen bei der Arbeit. Jeder Trupp zählt sechs Arbeiter, die ein bewaffneter Aufseher von seinem Maultier herab bewacht. Die Männer haben einen Leinensack über der Schulter und werfen die Baumwolle hinein, die sie aus ihrer Schote lösen. Diese da sind nicht in Ketten.

Auf der roten Piste stolpert La Trime plötzlich, verheddert sich in seiner Kette, stürzt auf einmal gegen Flush, den großen Schwarzen, der nach vorn gegen seinen Vordermann fällt. Wie Dominosteine stürzen die vier Ersten der Kolonne fluchend in den Staub, geraten mit den Füßen durcheinander. Wütend verpasst Bolt Le Vaseux einen Fausthieb in den Bauch. Flush tritt zwischen die beiden Männer.

«Nicht ihn!», sagt der große Schwarze an seinen Rassenbruder gerichtet. Und, auf La Trime zeigend, der noch am Boden liegt – «ihn!»

Mit verschlossenem Gesicht geht Bolt auf den stinkenden Alten zu, der wimmert und vergeblich versucht, fortzukriechen. Bolt packt ihn an seiner Kugel, zerrt ihn auf den Bauch und findet eine gewisse Befriedigung dabei.

«Keiner rührt sich mehr, Drecksbande!», kommandiert ihr Aufseher liebenswürdig und richtet sein Gewehr auf sie.

Die Rotkugeln bleiben stehen. Der Aufseher betrachtet sie. Der Beginn eines Streits hat seine Stimmung gehoben. Sein Blick kommt auf Greene zu ruhen.

«Ich wette, du freust dich über deine Rückkehr.»

Greene erwidert den Blick, überrascht.

«Du erkennst mich nicht wieder, was?», fragt der Aufseher. «Das solltest du aber, weil ich der Hurensohn bin, der das Pech hatte, dich zu Potts gehen zu lassen, an dem Tag, bevor du abgehauen bist…»

Greene reagiert nicht. Lächelnd gibt der Aufseher seinem Maultier brutal die Sporen. Das zuckt zusammen und stößt gegen Greene, der in den roten Staub purzelt. Der Reiter überholt ihn, kehrt um, kommt wieder auf Greene zu, der sich gerade wieder aufrichtet. Dieses Mal ist der Stoß sehr heftig. Greene wird in die Luft geschleudert und geht kopfüber zu Boden. Er steht nicht wieder auf. Der Aufseher schwenkt sein Muli herum und bleibt stehen, sein Gewehr auf Bolt gerichtet.

«Hebt ihn auf.»

Bolt und Le Vaseux helfen Greene auf. Sie setzen ihren Marsch wieder fort, und hinter ihnen Flush, La Trime und Tolliver. Der Aufseher folgt, nicht unzufrieden.

«Man sagt», murmelt Tolliver, «dass Greene fünfzig Jahre gekriegt hat. Davon dreißig für Flucht.»

«Ach Scheiße», sagt La Trime bitter, «ich hab fünfundsechzig Jahre gekriegt, ohne überhaupt zu fliehen.»

«Aber du bist ja auch dämlich», bemerkt Flush ruhig an den Alten gerichtet. «Man muss schon bescheuert sein, um die Frau eines Richters zu vergewaltigen.»

«Wie konnte ich das denn wissen!», protestiert La Trime seufzend.

Die kleine Männerkolonne marschiert weiter, und bald sind die Gefangenen am Ziel angelangt, sie reihen sich in dem großen Raum auf, der Potts als Büro dient. Der Eigentümer mustert sie prüfend, verzieht das Gesicht, schüttelt den Kopf.

«Ehrenwort, ich verstehe wirklich nicht, warum dieser Blödmann von Oberwärter euch hierher geschickt hat. Der hat doch einen Sprung in der Schüssel!»

Die Männer, mit Ausnahme von Greene, lächeln und beginnen sogar zu lachen.

«Das ist nicht lustig!», schreit Potts, und die Männer hören auf zu lachen. «Mein Gott! Außer Greene, den wir wohl oder übel wieder nehmen müssen, könnt ihr nicht groß was für mich tun. Nicht mit den verdammten Kugeln, die ihr mit euch rumschleppt...»

Pott steckt sich eine seiner langen, schwarzen Zigarren an.

«Jetzt, wo das gesagt ist», erklärt er, «erwarte ich von euch, dass ihr mir das einbringt, was ihr mich kostet, Jungs. Weil ich mir hier eine gute Position geschaffen habe, weil ich Geld mache, und weil ich will, dass das so bleibt.»

Der Eigentümer bläst den Rauch aus und betrachtet sein Publikum, wartet gespannt auf Reaktionen. Es kommt keine.

«Sie vergeuden ihre Zeit», sagt eine Stimme hinter Potts.

Greene zieht die Augenbrauen hoch. Pruitt ist im Halbdunkel des Büros aufgetaucht, aber er hat sich verändert. Sein Gesicht ist eingefallen. Eine verbitterte Falte zeichnet seinen Mund. Seine Augenlider sind verquollen vor Müdigkeit oder Alkohol.

«Ich mag meine Zeit vergeuden, aber mich nimmt auch niemand mit auf Schatzsuche», murrt der Eigentümer bissig.

Pruitt widerspricht nicht. Er schreitet die Reihe der Gefangenen ab. Er hinkt. Er zieht seinen Fuß bei jedem Schritt nach. Der Oberaufseher bleibt vor Greene stehen. Er sagt nichts. Greene auch nicht.

Potts ist auf den Ersten in der Reihe zugegangen, den großen Bolt mit dem massigen Körper.

«Ich bin irgendwie neugierig», erklärt der Eigentümer. «Für was bist du verurteilt worden? Und keine Lügen, klar, ich habe eure Akten irgendwo auf meinem Schreibtisch.»

«Messerstich», sagt Bolt.

«Ach nee ... Und wem hast du den verpasst?»

«Meinem Hauswirt», sagt Bolt. «Er hatte meine Miete erhöht.»

Kopfschüttelnd ging Potts zum Nächsten.

«Und du?»

«Ich hab einen Kerl erwürgt», erklärt Le Vaseux. Er zögert. Potts wartet auf Einzelheiten.

«Er hatte mir meine Schuhe geklaut ...»

«Dann war das also eigentlich gar kein Mord!», ruft der Eigentümer.

«Nur, dass ich sie ihm am Tag zuvor weggenommen hatte», erklärt der Rohling.

Seine Kameraden brechen in Gelächter aus. Potts brummt angewidert und schreitet weiter die Reihe ab. Er blickt Tolliver fragend an.

«Brandstiftung», sagt der Fünfzigjährige mit klarer Stimme.

«Und, ist etwas Besonderes verbrannt?»

«Meine Frau.»

Jetzt steht Potts vor Greene. Pruitt ist beiseitegetreten und lehnt am Schreibtisch. Der Oberaufseher genehmigt sich einen Schluck Schnaps. Potts zieht an seiner Zigarre und pustet Greene eine Rauchwolke ins Gesicht.

«Bei dir ist alles klar. Ich weiß alles, was es zu wissen gibt, und wir werden noch eine nette, kleine Unterhaltung darüber haben, wenn Pruitt mit seiner Sauferei fertig ist.»

Greene antwortet nicht.

«Nun gut!», sagt der Eigentümer. «Was ist denn mit dir passiert? Als du letztes Mal in mein Büro gekommen bist, hast du den Mund ganz schön voll genommen. Ein skrupelloser Yankee-Politiker hätte es nicht besser machen können!»

Potts zuckt mit den Schultern und geht einen Schritt weiter. Seine Nasenlöcher weiten sich, als er La Trime mustert.

«Vergewaltigung», sagt der Alte.

«War sie hübsch?», fragt Potts.

In der Reihe feixt man. La Trime wendet den Blick ab.

«Ich hab dich was gefragt.»

«Es war dunkel», jammert der Alte.

«Was für eine Bande von Kretins!», bemerkt Potts. «Der da vergewaltigt eine Frau und weiß nicht einmal, wie sie aussah.»

Er wendet sich dem letzten Mann in der Reihe zu.

«Hast du wenigstens was Originelles gemacht?»

«Bigamie», sagt Flush.

«Dafür hat man dir eine rote Kugel verpasst?»

Im Gesicht des Schwarzen blitzt kurz ein Lächeln auf.

«Ich hatte acht Frauen.»

«Acht, hm», wiederholt Potts beeindruckt. «Hübsch?»

Das Lächeln kehrt zurück, strahlend.

«Wunderschön!»

«Weiße in dem Haufen?»

Das Lächeln erlischt.

«Ich bin nicht bescheuert, *Commandant*.»

«*Mister Potts*, mein Junge!», verbessert der Eigentümer. Mit zwei T.»

Er mustert den großen Schwarzen immer noch.

74

«Ich wette, du bist total ausgelaugt, hm?»

«Nicht so sehr.»

«Nicht so sehr!», wiederholt Potts bissig und wendet sich wieder den anderen Gefangenen zu. «Ihr seid eine schöne Schweinebande! Während anständige Leute wie ich sich bei der Arbeit den Arsch aufreißen, liegt dieser hier vierundzwanzig Stunden am Tag im Bett, und die anderen machen allenthalben unmoralische Geschichten. Alle außer Greene natürlich. Er ist, was ich wirklich einen Sonderfall nenne...»

Der Eigentümer wendet sich angewidert ab.

«Mein Gott», seufzt er, «dieser Chef von Gefängniswärter ist wirklich eine Null, wenn es um geschäftliche Fragen geht!»

2

Das Kabuff ist sehr klein. Es ist eine Bretterkonstruktion innerhalb des geschlossenen Bereichs der Plantageneinfassung, und auf den ersten Blick könnte man es für eine große Hundehütte halten, aber es ist für einen Mann gedacht. In diesem Fall für Greene.

Greene hat weder genug Platz, um aufzustehen, noch sich hinzulegen. Er muss auf den Knien oder in der Hocke bleiben. Es gibt keine Möbel, keine Fenster, kein Licht. Greene weiß nicht, wie lange er schon dort haust. Von Zeit zu Zeit geht die Tür auf, und

Pruitt schlägt Greene. Schließlich geht die Tür ein letztes Mal auf, und Pruitt packt Greene und zerrt ihn hinaus.

Der Gefangene hat einen Bart von mehreren Tagen. Sein Gesicht ist voller blauer Flecken von Schlägen. Er hat getrocknetes Blut unter der Nase, ebenfalls Blut in den Augen, und er ist verdreckt. Während seines Aufenthalts in der Hütte musste er natürlich auf den Boden machen. Er kneift seine blau-geschlagenen Augen in dem brutalen Licht zusammen. Pruitt zerrt ihn unsanft an die frische Luft.

«Du hättest mich umlegen sollen, als du die Gelegenheit dazu hattest», bemerkt der Oberaufseher.

Und er schlägt auf Greene ein. Ein Mal, zwei Mal prasselt seine dicke Faust auf das Gesicht des Gefangenen nieder. Dieser ist zu schwach, um zu reagieren. Er ist benommen von den Schlägen, dem Mangel an Nahrung, an Schlaf. Sein Kopf kippt hin und her. Die Schläge verursachen ein angenehmes Geräusch in Pruitts Ohren. Der Hinkende zermalmt Greenes Fleisch weiter. Schließlich bricht der junge Mann zusammen. Er kann sich nicht mehr rühren. Seine Lippen sind geschwollen und lila. Seine Zunge befühlt die abgebrochenen Zähne.

«Du Arschloch!», sagt Pruitt grimmig. «Du hast mich reingelegt mit deiner Geschichte von dem Gold.»

Er verpasst Greene einen Fußtritt in die Rippen. Der Gefangene reagiert kaum. Pruitt packt ihn, schubst ihn, schlägt den Weg ins Büro ein. Greene folgt ihm ein paar Schritte, dann verfängt er sich mit den Füßen in seiner Kette und stürzt. Der Oberaufseher stellt ihn unsanft wieder auf die Beine.

«Du musst deine Lektion lernen. Die anderen Rotkugeln haben schnell begriffen...»

«Wie du, was, du Klumpfuß?», murmelt Greene.

Pruitts Mund verzerrt sich nervös. Der Mann verpasst Greene einen heftigen Hieb in die Lenden. Der Gefangene knurrt vor Schmerz und geht in die Knie. Pruitts peitscht ihm mit einem Riemen ins Gesicht. Das Leder klatscht gegen die Haut. Greenes Mund klappt auf. Blutiger Speichel tropft von seiner Lippe und besprenkelt den roten Staub. Pruitt grinst kalt. Er packt Greene erneut und zerrt ihn zum Büro des Eigentümers.

3

«Ich denke», sagt Potts sanft, «dass dir jetzt klar ist, dass der Klumpfuß da dich am liebsten tot sehen würde...»

Der Eigentümer sitzt in seinem Drehstuhl. Er schwitzt. Er tötet Insekten. Er wirkt gutmütig.

Greene steht schwankend vor dem Schreibtisch. Schließlich greift er verstohlen nach der Tischkante, um nicht zusammenzubrechen.

Pruitt lehnt an der Wand. Er sagt nichts. Er reagiert nicht, als Potts auf seinen Fuß anspielt.

«Aber», fährt Potts fort, «nicht er gibt hier die Befehle. Und, wenn du es wissen willst, ich bin nicht daran interessiert, Gefangene zu töten. Du brauchst dich nur den anderen anzuschließen und zu tun, was man von dir erwartet, und vielleicht... vielleicht wird alles wieder.»

«Leckt mich doch», brummt Greene.

Pruitt macht eine Bewegung, um vorzustürzen und die Unverschämtheit zu bestrafen. Potts schlägt mit der Faust auf den Tisch, und der Oberaufseher hält inne.

«Das ist mir vielleicht einer!», seufzt Potts. «In all der Zeit, in der ich die Arbeit auf den Plantagen leite, bist du fast der übelste Dickkopf, der mir je begegnet ist!»

Der Eigentümer wühlt in den Papieren, die sich auf seinem Arbeitstisch häufen. Er zieht eine dicke Akte daraus hervor.

«Greene, ich weiß alles über dich. Scheiß drauf, ob du beim Banküberfall von Flowerdale dabei warst. Du bist nichts weiter als ein Scheiß-Kriegsdienstverweigerer. Einer von denen, die dem Aufruf des Staates nicht Folge leisten!»

«Sie werden mich wie einen Feigling behandeln, was, wie die anderen Schwachköpfe?»

«Sicher nicht. Du bist was Schlimmeres als ein Feigling», bemerkt Potts.

«Wenn Sie so genau verstehen, was in meinem Kopf vorgeht...»

«Allerdings, das will ich meinen!», unterbricht der Eigentümer.

«Wenn das so ist», sagt Greene kalt, «wissen Sie, dass ich von hier abhaue, sobald ich kann.»

«Du Hornochse», sagt Potts. «Dann hast du also immer noch nicht kapiert, was? Nun, da ist etwas, das ich dir zeigen werde!»

Der Eigentümer steht auf, er geht zur Tür. Greene schwankt und folgt ihm unter Schwierigkeiten. Pruitt bleibt an der Wand stehen. Der Oberaufseher greift nach einem kleinen Krug mit Klarem und kippt ihn runter.

Potts geht vor Greene über den Hof. Die beiden Männer kommen zum Rain eines Baumwollfeldes. In der Ferne arbeiten die Häftlinge. Lange, von Maultieren gezogene Wagen kommen und gehen und transportieren, was die Männer ernten. Potts betrachtet sein Gut mit Genugtuung und Sorge.

«Greene», sagt Potts, «du hast mich eine Rassestute gekostet, vier Arbeitstage meiner Aufseher, die sie damit verbracht haben, dich zu suchen, und achtunddreißig Dollar und zweiundsiebzig Cent, die ich an den Staat zahlen musste, meinen Teil der Kosten an deiner Festnahme...»

Der Eigentümer wühlt in seiner Tasche, zieht eine seiner Zigarren hervor, steckt sie an.

«Möchten Sie vielleicht, dass ich sie Ihnen erstatte?», fragt Greene.

«Versuch nicht, Späßchen mit mir zu machen, Kleiner!»

«Lassen Sie mich von hier abhauen. Sie haben nicht das Recht...»

«Das Recht!», schreit Potts. «Ah, mein Gott! Aber

ich habe alle Rechte, die ich will. Hör auf mit dem Blödsinn, Greene. Du tätest besser dran, darüber nachzudenken, was wirklich zählt!»

Der Eigentümer hat sich gebückt, er hat ein wenig Baumwollblüte ergriffen und wirft sie Greene ins Gesicht.

«Diese Baumwolle wird mich reich machen! Reich, ja», sagt er ernst. «Und ich habe durchaus vor, mir das zunutze zu machen!»

Abermals bückt er sich und ergreift eine Handvoll roter Erde. Er schleudert sie Greene ins Gesicht, und die rote Erde bleibt stellenweise an dem Schweiß kleben, mit dem der junge Mann bedeckt ist.

«Selbst die verdammten Yankee-Farmer», sagt Potts mit frohlockender Wut, «konnten diesem Staub nichts abringen. Ich habe es geschafft! Ich ganz allein habe es geschafft, ohne dass mir jemand die Hand gereicht hätte. Daher sage ich dir eins. Du gehst auf die Felder, und du sammelst Baumwolle für mich.»

Dem Eigentümer zittern die Lippen. Seine Augen leuchten. Er bringt sein Gesicht ganz nah an das dreckige und fleckige Gesicht des Gefangenen.

«Auf dieser irdischen Welt», sagt er, «sind Menschen und Dinge verdorben. Man muss kämpfen, um einen Platz zu ergattern. Und ich hab keine Zeit, einen Spinner zu hätscheln, der den Regeln nicht folgen will, die die Gesellschaft aufgestellt hat.»

Er schaut Greene forschend ins Gesicht. Greene antwortet nicht.

4

Die Felder sind weitläufig und mit Baumwolle bedeckt. Nur wenige sind schon abgeerntet. Die Gefangenentrupps arbeiten zügig unter der Sonne. Die Rotkugeln arbeiten wie die anderen, und Greene ist jetzt unter ihnen. Die Männer tragen einen Sack über der Schulter. Mechanisch zupfen sie die Baumwolle aus ihrer Kapsel und stopfen sie in den Sack, der sich allmählich füllt. Ein bewaffneter Aufseher döst auf seinem Muli.

Die Kugeln behindern das Fortschreiten der Truppe. Die Füße verfangen sich in den Ketten. Dadurch wird die Arbeit aufgehalten. Die Produktivität ist niedrig. So macht Potts kein Geschäft.

Als der Moment der Mahlzeit kommt, freuen die Männer sich über den Duft von Bacon und Schweinerippchen, die ein schwarzer Koch in einem Schuppen brät. Als Bolts jedoch vortritt und dem Koch als Erster der Rotkugeln seinen Essnapf hinhält, taucht dieser seinen Schöpflöffel in einen anderen Behälter und füllt eine Portion Bohnen und Suppe in den Napf.

«Der Nächste!», kommandiert der Koch.

«Wie, der Nächste?», ruft Bolt. «Ich hatte weder Schweinerippchen noch Bacon!»

«Der Nächste!»

Bolt kapiert nicht. Er muss Platz machen, Flush tritt vor, schiebt ihn beiseite, lächelt den Koch mit all seinen weißen Zähnen an.

«Für mich eine doppelte Portion Schwein, mein

Junge», bestellt er zuversichtlich. «Und vergiss den Bacon nicht»

Die beiden Schwarzen sehen sich an. Der Koch schüttelt höhnisch grinsend den Kopf und bedient Flush: Bohnen und Suppe.

«He da!», schreit Flush. «Das esse ich nicht! Die anderen haben eine fürstliche Mahlzeit gekriegt!»

«Geh weiter, Großmaul», befiehlt der Koch, ohne sich aus der Ruhe bringen zu lassen. «Du isst wie die anderen, wenn du so viel Baumwolle pflückst wie sie. Wenn ihr euch den ganzen Tag nur am Arsch kratzt, kriegt ihr Bohnen. Weiter!»

Flush knallt dem Koch seinen Napf vor die Nase.

«Neger», sagt der große Schwarze, «ich hoffe, es wird dich eines Tages nach Pearl Street in Galveston verschlagen.»

«Und was passiert dann?»

«Nur Gutes, nur Natürliches», grinst Flush hämisch. «Ich werde lediglich dafür sorgen, dass eine meiner Frauen dir so ordentlich die Syphilis aufhalst, dass du es nie vergessen wirst! Neger, du wirst ganz grün im Gesicht sein!»

Der Koch nimmt rasch Flushs Napf und leert ihn in den Behälter. Dann stellt er ihn wieder vor den wütenden Zuhälter.

«Das», sagte er, «kostet dich eine Mahlzeit.»

Flush dreht sich wutentbrannt um und geht. Im Hof lachen die Gefangenen ohne Eisenfesseln sich halb tot.

5

Jetzt ist Nacht. Eine Petroleumlampe erleuchtet dürftig das Zelt, in dem die Männer mit den roten Kugeln zusammengesunken sind. Sie schwitzen, sie sind dreckig, sie liegen auf Strohmatten. Sie haben lediglich eine dreckstarrende Lumpendecke als Bettwäsche. Insekten tanzen in der dicken Luft, in der die Trockenheit vor der Feuchtigkeit der Schwitzenden weicht, um die Lampe. Sie rauchen. Blaue Rauchspiralen verbreiten sich träge.

Greene, eine dünne Zigarette zwischen den Lippen, hat sich mit dem Rücken zu seinen Gefährten ausgestreckt. Flush, der große Schwarze, ist neben ihm.

«Bist du von den Rebellen und der Union eingezogen worden?»

«Das hab ich dir schon dreimal gesagt.»

«Ja», murmelt Flush, «aber das scheint so...»

«Da gibt es nichts zu verstehen», unterbricht Greene. «Die Typen im Süden haben mich einberufen, und ich bin schleunigst abgehauen. Als ich aufgehört habe zu laufen, wollte der Norden mir ans Leder.»

«Was ich einfach nicht verstehe», schaltet La Trime sich ein, der zugehört hatte, «ist, wie es kommt, dass du nicht kämpfen wolltest. Alle haben gekämpft!»

«Ich bin nicht alle», sagt Greene trocken. «Norden, Süden, Westen, Osten... Diese Scheißregierungen gehen mir am Arsch vorbei!»

«Du bist wirklich komisch», bemerkt der alte La Trime mit seiner weinerlichen Stimme.

«Na klar ist er das!»

Das war Bolt. Der Neger schüttelt seinen dicken, gutmütigen Kopf.

«Einen Typen, der nicht an die Regierung glaubt», fügt er hinzu, «das habe ich noch nie gesehen. Das ist nicht normal.»

«Jetzt fängst du schon wieder mit deinem Blödsinn an», stellt Flush fest.

Bolt schüttelt überzeugt den Kopf.

«Das ist kein Blödsinn, was ich da sage. So ist das.»

Und Bolt lässt in aller Ruhe lautstark einen fahren.

«Lass das!», befiehlt Flush. «Es ist schon schwer genug, den ganzen Tag Baumwolle zu pflücken und Kohldampf zu schieben, auch ohne dass du noch deinen Mief verbreitest.»

«Das bin nicht ich», erklärt Bolt. «Das sind die Bohnen.»

«Ja, nun, hör auf, oder ich mach mich davon...»

«Davonmachen!», ruft La Trime, der diese neue Gelegenheit ergreift, um an der Unterhaltung teilzunehmen. «Davonmachen... Ich kannte mal einen Burschen in Kansas, der hatte nicht mal mehr eine Woche abzusitzen. Der verdammte Idiot hatte neun Jahre Loch ertragen, und dann musste er abhauen! Er hat gesagt, dass er es nicht mehr aushielt, nicht mal eine Minute. Sie haben ihn am nächsten Tag geschnappt und ihm weitere zehn Jahre aufgebrummt!»

«Also, das ist bescheuert!», erklärt Bolt mit Überzeugung.

«Du hast gut reden», sagt Le Vaseux. «Du weißt nicht, wie das ist.»

Tolliver wirft Le Vaseux einen kurzen, kalten Blick zu. Le Vaseux schweigt, wendet den Blick ab.

«Was willst du damit sagen, ich weiß nicht, wie das ist?», schreit Bolt in entrüstetem Ton. «Ich bin genauso hier wie du, oder?»

Le Vaseux hält den Blick gesenkt.

«Du brauchst nur Greene zu fragen», murmelt er.

Greene dreht seinen Gefährten immer noch den Rücken zu. Er betrachtet die Zeltleinwand, ohne sie wahrzunehmen. Die erloschene Zigarette baumelt zwischen seinen Lippen. Er hört den Gefangenen nur mit halbem Ohr zu. Er schätzt sie ein. Er lernt sie allmählich kennen. Bei La Trime ist nichts zu holen. Der Alte hat schon seit Ewigkeiten keine Würde mehr. Tolliver und Le Vaseux scheinen ein Team zu sein. Der ehemalige Buchhalter führt das Kommando. Der dicke Gauner folgt. Bei den beiden ist auch nichts zu holen.

Bleiben die beiden Schwarzen. Bolt ist ein Dummkopf. Er hätte nie jemanden erdolcht und wäre nicht hier, wenn seine Haut weiß wäre. Jetzt, wo er einmal hier ist, kommt er nicht mehr raus. Was Flush betrifft...

Flush hat ein einnehmendes Wesen. Ist auch intelligent, was nicht geschmeidig heißt.

Aber wozu das Ganze, denkt Greene. Er hat sich nie auf jemanden verlassen. Er wird nicht jetzt damit anfangen. Er wird hier allein rauskommen. Schnell. Jedenfalls bald...

«Es bringt nichts, darüber zu reden», sagt er laut.

6

Der Mann ist von Kopf bis Fuß in Leinen gekleidet, an den Nähten verschlissen und verblichen. Er trägt Stiefel. Ein verbeulter Hut schützt sein flaches Gesicht mit den sehr hellen Augen vor der Sonne. Er steigt auf ein Pferd mit rotbraunem Fell. Eine Winchester mit Unterhebel liegt quer über dem Sattel. Es ist eine neuere Waffe, die jedoch anscheinend schon oft benutzt wurde. Der vor Fett glänzende Lauf ist äußerst gepflegt. Der Gewehrkolben ist durch den häufigen Gebrauch ebenso wie durch eifrige Pflege blank poliert.

Der Reiter reitet langsam an dem Trupp Rotkugeln entlang, die mit dem Baumwollpflücken innehalten, damit sie den Mann besser mustern können. Er erwidert ihren Blick. Nur Greene macht mit seiner Arbeit weiter.

«Den haben wir ja noch nie gesehen», brummt La Trime.

«Wer das wohl sein mag?», fragt Bolt.

«Langer-Arm», sagt Greene, ohne seine Arbeit zu unterbrechen.

Le Vaseux macht große Augen.

«Das glaube ich nicht, das ist unmöglich! Warum sollten sie so einen Typen engagieren! Wir sind hier nur sechs Wiederholungstäter...»

Greene arbeitet weiter und ist im Begriff, seine Gefährten zu überholen. Der Schatten eines kalten Lächelns huscht über seinen wulstigen Lippen.

«Wenn es dich so sehr stört, frag doch Potts. Ich bin sicher, dass es ihm ein Vergnügen sein wird, es dir zu erklären.»

7

Am Abend lässt die Öffnung, die den Rotkugeln als Zugang zum Zelt dient, zwei gewöhnliche Gefangene ein, dieselben, die unlängst den Pranger aufgebaut haben, an den Greene gefesselt wurde. Die beiden Männer bringen einen kleinen Krug mit.

«Wurde auch Zeit», sagt Le Vaseux und erhebt sich mit feuchten Lippen.

«Der Preis ist ein Dollar pro Schluck.»

Unter den Rotkugeln wird gemurmelt. Nur Greene und Flush schweigen.

«Ein Dollar pro Schluck», wiederholt der Mann, der den Krug hält.

Le Vaseux stößt einen Fluch aus, zuckt mit den Schultern und zieht einen zerknitterten Schein aus seinem Schuh, den er dem Lieferanten reicht. Er packt den Krug und schluckt gierig.

«Habt ihr Langer-Arm gesehen?», fragt Tolliver mit gespielter Ungezwungenheit.

Die Besucher nicken.

«T. C. Banchee … Er ist teuer.»

Le Vaseux nutzt die Ablenkung und nimmt heimlich noch einen kräftigen Schluck. Die Lieferanten werfen ihm einen eisigen Blick zu.

«Du schuldest uns noch einen Dollar.»

«Du kannst mich mal, klar!», schreit Le Vaseux. «Und überhaupt, euer Schnaps ist Pisse. Er ist keinen Pfifferling wert!»

Einer der Lieferanten packt Le Vaseuxs Kugel und zieht heftig an der Kette. Le Vaseux verliert das Gleichgewicht. Die beiden Männer stürzen sich auf ihn, versetzen ihm Fußtritte in die Rippen und ins Gesicht. Das Leder ihrer Stiefel knallt gegen die Knochen.

Bolt und Tolliver haben sich erhoben. Mit dem Blick stoppt Flush Bolt, der im Begriff war, sich auf die Lieferanten zu stürzen. Der dicke Schwarze setzt sich wieder hin. Tolliver steht plötzlich allein da. Er lächelt aus reiner Nervosität, hält inne und setzt sich dann auch wieder, streicht mit der Hand über sein schlecht rasiertes Kinn, wie um das nervöse Lächeln fortzuwischen.

Le Vaseux hat sich zusammengerollt. Mit dem Fuß drücken die Lieferanten sein Gesicht in die Erde. Dann wenden sie sich wieder den Rotkugeln zu. Niemand rührt sich. Le Vaseux atmet schwer, das Gesicht am Boden. La Trime bewegt sich schließlich. Der Alte steht mit einem lautlosen und unterwürfigen Grinsen auf und kramt diverse Münzen aus seinen Klamotten hervor. Seine Gefährten beobachten ihn. La Trime erstarrt, er zögert.

«Na los!», befiehlt der Größere der Lieferanten.

«Die haben nichts zu sagen. Sie werden es übrigens genauso machen.»

Schweigen. Regungslosigkeit.

«Seid ihr schwerhörig?», fragt der andere Lieferant.

«Nein», sagt Greene.

«Na dann beeil dich 'n bisschen. Komm her!»

Greene antwortete nicht. Er rührt sich nicht. Die Lieferanten messen Flush mit dem Blick.

«Nicht für mich, Kumpel», erklärt der Zuhälter in aller Ruhe. «Ich hab Durchfall. Trotzdem danke ... Was Bolt angeht», fügt er hinzu, «er hat seiner armen Mutter geschworen – sie ruhe in Frieden ... Er hat ihr geschworen, dass er keinen Schnaps anrührt, solange er noch in der Wachstumsphase ist. Nicht wahr, Bruder?»

Bolt kichert und nickt, ohne die Lieferanten aus den Augen zu lassen. Diese zögern einen Moment und gehen dann hinaus.

Greene wartet auf seine Stunde. Er arbeitet schweigend, und abends mischt er sich immer noch nicht in die Unterhaltung ein. Er glaubt nicht an die Solidarität unter Halunken. Übrigens auch nicht an die unter rechtschaffenen Leuten. Er wartet. Das ist keine Geduld, es sei denn animalische Geduld. Er wartet.

Andere warten nicht. Tolliver hat seine Entscheidung getroffen. Er wird hier abhauen. Aber, allein auf sich selbst gestellt, ist der Fünfzigjährige machtlos. Er braucht keinen Kameraden, sondern jemanden, der ihm dient, jemanden, der genug Gewicht und nicht zu viel Grips hat. Auch in der Hinsicht ist seine Entscheidung gefallen.

Gegenwärtig pflückt Tolliver ohne Eile Baumwolle und kommt Le Vaseux näher.

«Dieses Geschäft», flüstert Le Vaseux «kannst du es abschließen?»

«Cobb verlangt zu viel Geld für uns…»

Le Vaseux fährt sich nervös mit der Zunge über die Lippen, und er spürt einen Geschmack nach Staub und Salz in seinem Mund. Aus dem Augenwinkel mustert er die anderen Rotkugeln, die schweigend arbeiten. Tolliver und er, sie brauchen dieses Geld, um zu kaufen, was der Aufseher Cobb bereit ist, zu verkaufen.

«Beziehen wir die Nigger mit ein?»

«La Trime ist zu nichts gut», brummt Tolliver, «und Greene sondert sich ab.»

«Und wenn wir uns an andere Gefangene wenden würden?»

«An wen denn, kannst du mir das sagen? Und woher willst du die Zeit nehmen, sie auszuwählen?»

«Schon gut», seufzt Le Vaseux... «Schon gut, Tolly. Du kannst Cobb sagen, dass die Sache abgemacht ist.»

Ein Aufseher auf seinem Muli hat sich den beiden flüsternden Männern genähert. Le Vaseux legt plötzlich einen Zahn zu, seine Produktivität nimmt zu, sein Sack füllt sich mit Baumwolle, er rückt von Tolliver ab.

In einigen hundert Meter Entfernung, vor der Bretterbude. Potts, auf eine Kiste gestützt, überwacht sein Eigentum. Er ist nicht zufrieden mit den Rotkugeln. Diese bummeln wie die Schildkröten. Sie begreifen nicht, was in ihrem Interesse ist. Sie bringen der Baumwolle keine Liebe entgegen. Potts ist schlecht gelaunt.

«Ist wirklich heiß heute!», bemerkt Pruitt, der soeben aufgetaucht ist, schweißtriefend, einen kleinen Krug in der Hand.

«Seit wann bezahle ich dich dafür, dass du mir sagst, wie das Wetter ist?», fragt Potts verächtlich. «Ich will, dass du auf den Feldern arbeitest, du Klumpfuß! Nicht, dass du hier mit einem Barometer im Arsch rumhängst...»

«Ich gehe schon zurück auf die Felder», protestiert Pruitt. «Alles läuft gut, außer bei den Rotkugeln. Wenn Sie mich mit ihnen hätten machen lassen, wie ich wollte...»

Potts wendet sich ganz einfach ab. Pruitt bleibt regungslos stehen, mit offenem Mund. Er ist leicht errötet. Er seufzt, senkt den Kopf und beschließt, die Klappe zu halten. Er führt den Schnapskrug an die Lippen.

Potts betrachtet weiter die Baumwollfelder. Der Aufseher, der die Rotkugeln überwacht, ist gerade von seinem Muli gestiegen. Er schlüpft unter den Wagen, auf den die Säcke geladen werden, und macht es sich im Schatten bequem. Potts Mund verzerrt sich. Die Rotkugeln stellen die Arbeit fast ganz ein. Le Vaseux und Tolliver fangen in aller Ruhe ein kleines Schwätzchen an. Potts verpasst der Kiste einen Fußtritt und wendet sich wutentbrannt wieder seinem Oberaufseher zu.

«Kannst du mir sagen, was dieser Aufseher da macht? Ich weise dich darauf hin, dass ich hier kein Sanatorium leite!»

«Sind Sie nicht ein wenig hart mit den Aufsehern?», brummt Pruitt. «Alles nur, weil sie nicht so viel Glück gehabt haben wie Sie...»

«Glück!», ruft der Eigentümer aus. «Mein Gott, diese Schwachköpfe wären nicht einmal in der Lage, eine geregelte Arbeit zu finden, wenn ihr Leben davon abhinge. Und das gilt auch für dich!»

Pruitt deutet ein gehässiges Lächeln an.

«Ist mir scheißegal, was Sie über mich denken. Außer, was das Geld betrifft, bin ich zufrieden mit meiner Stelle.»

«Das wundert mich nicht!», schreit Potts. «Für nichts weiter bezahlt zu werden, als eine Bande Penner auf Trab zu halten! Das ist dein Ding, oder?»

Mit einer heftigen Bewegung schlägt der Eigentü-

mer dem Oberaufseher den Krug aus der Hand und
steuert auf sein Büro zu. Pruitt wirft ihm einen hasserfüllten Blick zu, aber er schweigt und kniet sich hin,
um seinen Fusel aufzuheben.

9

Es ist Abend und Flush, Bolt, Le Vaseux und Tolliver
sind im Zelt, schieben die Strohmatten beiseite, gra-
ben mit den Händen in der Erde. Sie sind in Eile und
wütend. Sie haben die Lippen zusammengekniffen.

«Aber ich hab Cobb doch hier reingehen sehen»,
tobt Le Vaseux.

«Was du nicht sagst! Wenn er gekommen wäre,
hätten wir das Ding gefunden...»

Die vier Männer wühlen weiter. Le Vaseux richtet
sich wieder auf.

«Diese verdammte Metallsäge ist nicht da!»

«Jemand kann nach Cobb vorbeigekommen sein»,
sagt Flush, «und sie mitgehen lassen haben...»

«Wenn ich den in die Finger krieg, diesen Hurensohn! Ehrenwort, ich hab Cobb alles Geld gegeben,
das ich versteckt hatte. Ich hab ihm sogar meinen
Goldzahn gegeben!»

Le Vaseux macht den Mund auf und zeigt auf seinen Kiefer, in dem ein Loch gähnt. Er schüttelt wütend den Kopf. Sie sehen sich nicht an.

Draußen in der Dämmerung sitzen Gefangene auf der Erde, plaudern, rauchen, spielen Karten. Greene hält sich abseits, den Rücken an eine Schuppenwand gelehnt. Eine erloschene Zigarette baumelt zwischen seinen Lippen.

Neben ihm steckt jemand ein Streichholz an, gibt ihm Feuer. Greene zieht an seiner Zigarette. Er hebt den Blick. Tolliver, Le Vaseux und die beiden Schwarzen stehen in einem Halbkreis vor ihm. Flush pustet das Streichholz aus.

«Du enttäuschst uns, Greene», sagt Tolliver sanft.

Greene zieht die Augenbrauen hoch.

«Inwiefern?»

«Das weißt du ganz genau!», brummt Le Vaseux wütend.

«Greene», unterbricht Flush, «hast du unsere Säge, ja oder nein?»

«Ich habe sie nicht.»

«Greene», sagt Le Vaseux, «du bist derjenige unter uns, der am schnellsten aus diesem Loch raus will!»

«Bist du da ganz allein drauf gekommen?»

Le Vaseux stößt ein animalisches Grunzen hervor. Er packt Greene an der Kehle. Der junge Mann befreit sich mit einem kurzen, heftigen Schlag. Noch ein Schlag, und Le Vaseux geht in die Knie. Die anderen stürzen sich auf Greene, drängen ihn an die Schuppenwand.

Pferdegetrappel ertönt. Quer über dem Sattel schimmert die gut geölte Winchester in der Dämmerung. Widerwillig lassen die Rotkugeln von Greene ab und weichen zurück. Sie stützen Le Vaseux und ziehen mit ihm ab. T. C. Banchee reitet auf seinem Pferd langsam an Greene vorbei, und für einen kurzen Augenblick bleibt sein Blick an dem jungen Mann hängen, und ein kaum wahrnehmbares Lächeln huscht über sein Gesicht. Dann verschluckt die Dunkelheit Langer-Arm, und Greene hebt seine Zigarette auf und setzt sich wieder an den Schuppen.

10

Die Rotkugeln schlafen in der Dunkelheit des Zelts.

Flush liegt auf dem Bauch. Er macht ein Auge auf, streckt den Arm aus, schüttelt sanft Bolt. Der dicke Schwarze wacht auf, schlüpft aus seiner zerlöcherten Decke und tippt Tolliver auf die Schulter, dann Vaseux.

Jetzt stehen die vier Männer. Sie steuern auf den hinteren Teil des Zelts zu. Als sie an dem schlafenden Greene vorbeigehen, schert Le Vaseux plötzlich aus und beugt sich über den jungen Mann. Dieser schlägt die Augen auf, und seine Hand wandert über seinen Kopf. Er hält ein knorriges Holzscheit in der Faust.

«Du verdammter Widerling», knurrt Le Vaseux, der in seiner Bewegung innegehalten hat.

«Hast du was gesagt?»

«Ach», seufzt Le Vaseux, «leck mich doch am Arsch...»

Er wendet sich ab und gesellt sich wieder zu den anderen, die sich neben La Trime gekniet haben. Der dicke Bolt drückt dem Alten seine Hand, die so gewaltig ist wie ein schwarzer Schinken, auf den dreckigen Mund. La Trime reißt die Augen weit auf, schreckt zusammen, versucht vergeblich, sich zu wehren, aber Bolts andere Hand nagelt ihn an sein ärmliches Bett. Tolliver neigt sich über den Alten.

«Versuch nicht mehr, uns zu verarschen. Wo hast du die Metallsäge versteckt?»

Praktisch, wie er ist, nimmt Bolt seine Hand von La Trimes Mund, damit der Alte antworten kann, und packt ihn vorsichtig an der Kehle.

«Ich weiß nicht, wovon ihr redet!», winselt das Wrack.

Tolliver bedeutet Bolt durch ein Zeichen mit dem Kopf, dass dieser sein Opfer ruhig ein wenig rannehmen kann. Der dicke Schwarze schlägt ihm in den Bauch. La Trime krümmt sich vor Schmerzen.

«Ich hab nichts getan! Ich schwöre es! Tolly, hab Erbarmen...»

Bolt schlägt noch einmal zu, und der Alte windet sich. Seine Augen füllen sich mit Tränen panischer Angst. Schweiß bricht aus seinen erweiterten Poren.

«Habt Erbarmen!»

«Wir wollen die Wahrheit, La Trime...»

Der Alte schluchzt widerlich.

«Aber ich sag die Wahrheit... Ich hab nie...»

Tolliver wendet sich verächtlich ab. La Trime beobachtet voller Entsetzen die gewaltige, schwarze Gestalt, die sich über ihn beugt. Eine riesige Faust saust durch die Dunkelheit und prallt dem Alten ins Gesicht. Die Nase bricht, das Blut spritzt in die Augen, in deren Winkel Schmutz sitzt, die wenigen und verfaulten alten Zähne brechen in dem übel riechenden Mund. La Trime fällt in eine turbulente und rote Bewusstlosigkeit.

11

Erneut Tag, erneut Arbeit. Die Rotkugeln rücken langsam zwischen den grünen, weiß gekrönten Büscheln vor. Aufseher Cobb hält sich auf seinem Maultier in Tollivers Nähe. Er ist leicht vornübergebeugt. Seine Stimme ist drohend.

«Du willst doch nicht etwa andeuten, dass ich nicht Wort gehalten habe, oder, Tolliver?»

«Ich hab nur gesagt, dass wir nicht bekommen haben, worauf wir gewartet hatten.»

Tolliver arbeitet weiter, während er redet. Er rückt entlang der Baumwollpflanzen vor. Cobb gibt seinem Maultier leicht die Sporen, um auf seiner Höhe zu bleiben. In dem Augenblick schreit jemand. Bolt kippt nach hinten, wälzt sich auf dem Boden. Sein Arm ist verkrampft. Er windet sich und schreit vor Schmerz. La Trime, der sich neben ihm befindet, macht Freudensprünge.

«Den Nigger hat 'ne Ratte gebissen!», grölt der Alte frohlockend. «Den Nigger hat 'ne Ratte gebissen!»

Man stürzt hin. Flush versucht vergeblich, Bolt festzuhalten, der weiterhin wie wild um sich schlägt. Greene packt den Verwundeten am Arm und wendet sich an La Trime.

«Gib dein Messer her!»

La Trime versucht, sich abzuwenden. Flush stürzt sich auf ihn, reißt das kleine Messer heraus, das der Alte in seinem Gürtel verborgen hatte, und gibt es Greene. Der junge Mann macht sogleich einen Schnitt in die Bisswunde, presst seinen Mund auf den Arm des dicken Schwarzen und saugt das dickflüssige Blut ab, das aus der Wunde herausquillt.

Tolliver, der in einigen Metern Entfernung steht, hat sich nicht gerührt. Er beobachtet die Szene ruhig, ohne sein Gespräch mit Cobb zu unterbrechen.

«Wir haben dieses Zelt Zentimeter für Zentimeter durchwühlt…»

«Na ja», sagt der Aufseher, «ihr müsst halt nächstes Mal besser aufpassen.»

«Nächstes Mal!», lacht Tolliver hämisch… «bei dem Preis, den du uns machst, gibt es kein nächstes Mal.»

«Du hast keinen Grund, dich zu beklagen. Ich habe Risiken auf mich genommen.»

«Wir hatten uns auf dich verlassen», sagt Tolliver.

Cobb verliert allmählich die Geduld.

«Nimm dich in Acht!», befiehlt er. «Vergiss nicht,

mit wem du sprichst, oder du wirst schon sehen, was du davon hast...»

Der Aufseher richtet sich wieder auf.

«Und jetzt», sagt er in kaltem Ton, «schätze ich, dass der Zwischenfall erledigt ist. Wenn du nicht einverstanden bist...»

«Schon gut», sagt Tolliver.

«Sieh zu, dass du das nicht vergisst!», wirft er ihm zu, gibt seinem Maultier die Sporen, und entfernt sich von Tolliver.

Mit düsterer Miene begibt dieser sich wieder zu seinen Gefährten, die sich eifrig um den Verwundeten bemühen. Le Vaseux wendet sich seinem Kameraden zu.

«Was hat Cobb gesagt?»

«Er ist es, kein Zweifel.»

«Dieser Hurensohn», murmelt Le Vaseux zwischen zusammengebissenen Zähnen.

Unterdessen hat Flush Bolts Wunde mit einem Stoff-Fetzen umwickelt. Der Zuhälter richtet sich wieder auf; das kleine Messer in der Hand, geht er auf La Trime zu.

«Ich sollte es dir in den Bauch rammen!»

La Trime wendet sich ängstlich ab. Flush schiebt das Messer unter sein graues Leinenhemd.

«Wenn mir Bolt die Fresse eingeschlagen hätte», bemerkt Greene ruhig, «hätte ich ihm die Eingeweide rausgerissen, als er am Boden lag.»

Der junge Mann richtet sich wieder auf, schüttelt den Kopf, wendet sich ab. Flush hilft Bolt auf. Der dicke Schwarze verzieht das Gesicht vor Schmerzen.

Flush stützt ihn. Die beiden Männer steuern auf die Farm zu. Die anderen nehmen ihre Arbeit wieder auf. Es ist immer noch genauso heiß.

12

Ohne sich um die individuellen Dramen zu scheren, entwickelt sich der ökonomische Wandel eigenständig weiter und verfolgt unbeirrt sein grandioses Ziel. Mit jeder Sekunde wachsen Handel, Industrie, Landwirtschaft. Und Potts, dem die Größe des Wandels nicht bewusst ist, findet dennoch sein Glück darin und nimmt teil daran. Daher strahlt das Gesicht des Plantagenbesitzers in diesem Moment, während er in einer gewaltigen Scheune voller Baumwolle steht und die Baumwolle betrachtet, die Männer, die mit der Baumwolle hantieren, die große Maschine, die die rohe Baumwolle entkörnt und anschließend gewaltige Ballen von fünfhundert Pfund daraus macht, die sich fortwährend hinten in dem Schuppen ansammeln. Später werden die Baumwollballen – etwa so groß wie ein Überseekoffer – über Land, per Bahn, übers Meer, quer durch die Vereinigten Staaten von Amerika befördert werden, und das Material, das unterwegs so mancher Weiterverarbeitung unterzogen wird, wird sich über die Union und die Welt verbreiten und auf seinem Weg überall Geld generieren. Deshalb strahlt

Potts mehr und mehr, und daher kommt es, dass er ein Mitteilungsbedürfnis verspürt.

Er spricht Greene an, der Säcke mit roher Baumwolle von dem Wagen, der von den Feldern gekommen ist, in den Schuppen bringt.

«Das ist gut», erklärt der Eigentümer, «was du für Bolt getan hast. Das hat mir einen Arbeiter gespart.»

Greene antwortet nicht und setzt seine Last neben Potts ab. Der Eigentümer versetzt dem Sack einen liebevollen Fußtritt.

«Seit dem Krieg habe ich keine eigene mehr angebaut. Die ganze Zeit habe ich die Baumwolle anderer Leute angebaut. Es ist wirklich gut, wenn ich mich umblicke und diese ganze Baumwolle sehe, die mir gehört...»

Der Plantagenbesitzer starrt Greene an, versucht herauszufinden, ob Greene seine Gefühle versteht. Der junge Mann wirkt vor allem peinlich berührt.

«Vielleicht erscheint dir das alles sinnlos», sagt Potts. «Diese ganze Schufterei für Baumwolle...»

«Es gibt Leute, die für weit Schlimmeres malochen», sagt Greene.

Potts fühlt sich verstanden, zumindest teilweise. Güte überkommt ihn.

«Weißt du, Greene», sagt er, «am Ende wird vielleicht alles in allem noch ein feiner Kerl aus dir.»

«Möglich», sagt Greene trocken. «Aber ich wäre lieber ein freier Kerl.»

Potts lacht herablassend.

«Frei, was? Was heißt das? Für diese Bande von Blödmännern, die uns umgeben, bedeutet Freiheit nur, sich zu besaufen, die Frauen zu schlagen oder das eine oder andere Gesetz zu übertreten!»

«Ich bin nicht wie sie.»

«Aber du sitzt trotzdem im Loch. Und aus einem bescheuerten Grund, wenn du meine Meinung hören willst!»

«Früher oder später», sagt Greene, «werde ich frei sein.»

Potts schüttelt den Kopf. Seine gute Laune schwindet dahin.

«Greene, du bist wirklich ein Schwachkopf! Du hast fünfzig Jahre gekriegt, und du sprichst vom Frei-sein...»

Tief betrübt räuspert sich der Eigentümer und spuckt traurig in den Staub seiner schönen Scheune.

13

Ein weiterer Tag. Die Rotkugeln sind auf den Feldern. Sie machen Rast neben einem Tankkarren, der ihnen Wasser bringt.

Tolliver und Le Vaseux halten sich abseits.

«Vielleicht ist Langer-Arm ja nicht in der Gegend», murmelt Le Vaseux hoffnungsvoll.

Tolliver verzieht das Gesicht.

«Sei nicht bescheuert! Er geht jeden Morgen fort und kommt jeden Abend wieder, ganz wie wir. Er ist irgendwo in der Nähe, darauf kannst du dich verlassen.»

Le Vaseux zuckt mit den Schultern. Er steuert auf den Tankwagen zu und nimmt einen Schöpflöffel Wasser. Nachdem er getrunken hat, wischt er sich langsam mit seinem grauen Ärmel den Mund, und seine kleinen, traurigen Augen suchen die Ebene nach dem Reiter ab.

14

Es ist am Morgen. Die Gefangenen stehen in einer Reihe in der Zentrale der Plantage. Man ist im Begriff, auf die Felder zu gehen.

Greene geht in Begleitung von Aufseher Cobbs zu Potts Büro. Er tritt ein. Cobb kehrt zu seinen Angelegenheiten zurück.

Die Jacke über dem Arm mustert Potts Greene, der soeben ins Büro getreten ist.

«Gut», sagt der Eigentümer. «Du hast eine viertel Stunde. Mehr nicht. Selbst, wenn es die Polizei ist.»

Greene versteht nicht. Er weiß nur, dass er ins Büro bestellt wurde. Eine Stimme ertönt hinten im Raum.

«Hallo...»

Der Mann sitzt neben Potts Schreibtisch, seinen dicken Hintern fest in den Sessel gepfercht, eine zerkaute Zigarre zwischen den Zähnen. Er mustert Greene.

Sein Blick bleibt an der Rotkugel hängen, die mit einer Kette am Knöchel des jungen Mannes befestigt ist. Dieser geht lebhaft auf den Polizisten zu.

«Das gibt's doch nicht! Marschall Arthur C. Dobbs!»

Ein Lächeln auf den Lippen stützt Greene sich auf Potts Schreibtisch.

«Und was führt Sie in meine Domäne? Abholung oder Anlieferung?», fragt der junge Mann.

«Immer noch der Schönredner, was, Greene?», sagt der Marschall ohne Bitterkeit.

Er betrachtet den Gefangenen, seine Ketten, seine von Schlägen und Müdigkeit gezeichneten Gesichtszüge.

«Es war nicht meine Idee, herzukommen», sagt er mit schleppender Stimme. «Zumal es meinetwegen ist, dass...»

«Vergessen Sie's», unterbricht Greene. «Wenn Sie es nicht gewesen wären, wäre ich an jemanden anders geraten. Die Welt ist voller rechtschaffener Leute.»

Er beugt sich vor und schnappt sich eine Zigarre aus Arthurs Tasche. Auf Potts Schreibtisch sind Streichhölzer. Greene steckt sich die Zigarre an und verzieht das Gesicht.

«Ich bin gekommen, um dir zu sagen, dass Callie ihre Meinung geändert hat», sagt Arthur plötzlich.

Greene zieht die Augenbrauen hoch. Das Gesicht des Marschalls ist friedfertig. Seine Gesichtszüge verraten weder Traurigkeit noch Wut.

«Das passt Ihnen sicher nicht, dass sie nicht mehr in diesem... Haus ist», sagt Greene.

«Nein», sagt Arthur mit Nachdruck. «Sie hat mir etwas gegeben, das mir vorher kaum jemand gegeben hat.»

Greene betrachtet den Polizisten nachdenklich, dann wirft er einen Blick durch die Tür, in Richtung frische Luft. Sein Blick kehrt zurück und legt sich auf Arthur.

«Haben Sie mir einen Vorschlag zu machen?»

«Nicht auf diesem Gebiet», sagt Arthur knapp. «Wenn du aus diesem Wonnegarten raus willst, musst du es schon aus eigener Kraft schaffen.»

Greene ist nicht überrascht. Er nickt.

«Na denn, man sieht sich, Arthur. Danke für den Besuch.»

Er wendet sich ab. Er geht zur Tür.

«Auf dem Weg hierher», sagt Arthur, «habe ich Langer-Arm gesehen.»

Greene bleibt stehen.

«Ein kleiner regionaler Scharfschütze ...»

«Klar», sagt Arthur lächelnd. «T.C. Banchee aus Abilene.»

Greene dreht sich um.

«Sie sehen so harmlos aus, Arthur, aber Sie haben ein wachsames Auge, was?»

«Der Mann ist sehr leicht wiederzuerkennen», sagt der Polizist in neutralem Ton.

«Machen Sie sich deswegen keine Sorgen, mein Lieber.»

Erneut ist Greene im Begriff zu gehen, erneut hält Arthurs Stimme ihn zurück.

«Ich mache mir nicht meinetwegen Sorgen!»

«Callies Angelegenheiten gehen Sie nichts an», sagt Greene schroff. «Zumindest gehen sie Sie nichts mehr an.»

«Warum spielst du so den Bösen?», fragt Arthur.

Greene hat sich nochmals umgedreht. Er lächelt, während der Polizist den Kopf schüttelt.

«Im Ernst!», sagt Arthur. «Als stünde man vor General Grant persönlich. Alles, was ich sehe, ist ein verdreckter Sträfling mit einer Kugel am Fuß.»

Greene lächelt immer noch.

«Das ist eine interessante Frage, Arthur. Vielleicht würde ich versuchen, es Ihnen zu erklären, wenn ich ein halbes Dutzend Biere hinter der Binde hätte, aber das ist nicht der Fall – und eine gute Zigarre...»

Greene betrachtet seine halb gerauchte Zigarre und verzieht das Gesicht.

«Aber das ist auch nicht der Fall! Und da wartet ein Baumwollfeld auf mich. Daher schlage ich vor, es dabei zu belassen.»

Der junge Mann geht wieder auf den Ausgang zu.

«Sagen Sie Callie», versetzt er, «dass ich noch vor Ende des Monats in Galveston sein werde.»

«Sag es ihr selbst! Sie ist hinter der Tür.»

Greene bleibt verblüfft stehen. Mit zusammengebissenen Zähnen wirft Arthur die Zigarre auf den Boden und tritt sie mit dem Stiefel aus. Dann steuert er auf den Ausgang zu.

Greene bleibt einen Moment wie erstarrt stehen. Dann durchquert er mit großen Schritten das Büro. Er öffnet leise die Hintertür. Callie hört ihn nicht. Sie lehnt an einer Tischecke, den Blick auf den Boden gerichtet, mit finsterer Miene. Greene schnürt es die Kehle zu.

Callie hebt den Blick. Sie sieht Greene. Sie wirft sich in seine Arme, und Greene wundert sich, dass man sich in seine Arme werfen kann, denn er ist sich bewusst, dass er dreckig und zerlumpt ist und stinkt, aber vor allem ist er sich Callies Parfüm bewusst, der Rundung ihrer Brüste, die sich an seinen Oberkörper pressen, ihrer samtweichen Wange, die sich an seine raue Wange schmiegt. Sein Verstand hebt ab. Sein Gesicht ist leer.

«Du bist nicht böse?», fragt Callie.

«Verdammt noch mal, doch», brummt Greene.

Da betritt Pruitt den Raum.

15

Der Klumpfuß ist zunächst verblüfft, Greene in Begleitung einer Frau anzutreffen. Er tritt auf das Paar zu. Die Liebenden gehen auseinander. In Callies finsterem Blick blitzt Verwunderung, ja Besorgnis auf, als sie Greenes verzerrten Kiefer wahrnimmt, das Zucken an seiner Schläfe und den greifbaren Hass, der plötzlich den Raum durchflutet hat wie der Atem eines Tiers.

«Potts hat gesagt, es ist o.k.», sagt Greene zu Pruitt.

Der Oberaufseher reagiert nicht. Seine Augen, die wie ein Paar Spucke-Kleckse tief unter den buschigen

Augenbrauen in seinen Augenhöhlen liegen, mustern Callie, taxieren die schlanke Taille, die Länge der Beine, die Rundung der Hüfte und die Festigkeit eines Busens, der von schnellem Atmen wogt. Der Blick bleibt an dem vollen Mund der Frau hängen. Der Klumpfuß ist erregt.

«Was sagt man dazu!», murmelt er gierig.

Greene weicht einen Schritt zurück, und seine Hand legt sich auf die Rückenlehne eines Stuhls. Pruitt wirft ihm einen Blick zu und packt den Griff seiner Peitsche. Callie beißt sich auf die Lippen.

In diesem Augenblick kommt ein kupferner Spucknapf durch die Verbindungstür herein. Das Utensil gleitet scheppernd über den Boden und kommt zwischen Greene und Pruitt zum Stehen.

Arthur steht in der Türöffnung, und seine fleischige, Gutmütigkeit vortäuschende Masse füllt deren ganze Breite aus. Er lächelt, schlägt eine Seite seiner Jacke auf und zeigt seine Marschall-Plakette.

«Die beiden stören niemanden», bemerkt er.

«Mich stören sie», sagt Pruitt.

Sein Blick wandert halsstarrig zu Callies Formen zurück.

«Sie haben ein gutes Auge», sagt Arthur. «Sehen Sie doch noch einmal hierher ...»

Der Polizist schlägt auch die andere Seite seiner Jacke auf. An seiner rechten Hüfte hängt das Holster eines Colts mit langem Lauf. Pruitt mustert den Mann mit zusammengekniffenen Lippen, dann entfährt ihm ein kurzer Seufzer, seine Schultern entspannen sich, er weicht zurück.

«Klumpfuß», sagt Greene, «sag Marschall Arthur C. Dobbs guten Tag. Und dann verpiss dich, bevor ich dir die Ordnungskräfte auf den Hals hetze.»

«Greene!», ruft Callie in vorwurfsvollem Ton.

«Alles in Ordnung, Kleine. Arthur und ich, wir verstehen uns. Der Klumpfuß zählt nicht, was, Klumpfuß?»

Pruitt schweigt. Er starrt Greene an. Schließlich wendet er sich ab und geht hinaus.

«Greene», seufzt der Polizist verärgert...

Er spricht seinen Satz nicht zu Ende und geht ebenfalls, kopfschüttelnd, hinaus.

16

Einige Minuten später setzt sich vor der Farm eine Kutsche in Bewegung und nimmt Callie und den Marschall mit. Als Potts aus einem der Schuppen kommt und sich nähert, stoppt das Gefährt auf seiner Höhe. Mit leicht zurückgelegtem Kopf kneift der Eigentümer die Augen zusammen, damit er Callie besser von Kopf bis Fuß mustern kann.

«Sie wohnen nur ein paar Stunden von hier?», fragt er.

«Genau im Westen», nickt Arthur zustimmend.

Potts streicht sich über sein stoppeliges Kinn.

«Ja... na ja... Vielleicht kann ich ja irgendwann

mal vorbeischauen und kurz guten Tag sagen. Wenn ich willkommen bin!»

Arthur schweigt. Er blickt ins Leere. Potts für seinen Teil betrachtet Callie. Die junge Frau lächelt nicht, und ihre Stimme ist kalt.

«Solange Sie genug Geld haben, sind Sie willkommen.»

«Aber Schätzchen», ruft Potts, «ich gehe nirgends ohne Geld hin! Verflixt noch mal, Geld ist der Grund für alles, was ich hier mache!»

Arthur spuckt in den Staub und treibt die Pferde mit einem lauten Brummen an. Die Kutsche entfernt sich schnell, und der Eigentümer schaut ihr nach. Ein lüsternes Lächeln entblößt noch immer die Zähne, die ihm geblieben sind.

17

Heute arbeitet Le Vaseux fieberhaft. Es ist wundervoll zu sehen, wie eifrig er bei der Sache ist. Er gewinnt einen Vorsprung vor den anderen Rotkugeln, lässt sie hinter sich. Er ist schon über zwanzig Meter vor seinen Gefährten und dem Aufseher Cobb, der ihn träge beaufsichtigt.

«Also ehrlich», seufzt Bolt, der immer noch einen dreckigen Verband am Arm trägt. «Also ehrlich, dieser Weiße da ist der geborene Baumwollpflücker.»

Flush seufzt im Echo.

«Mir scheißegal. Ich bin jedenfalls fix und fertig!»

«Erschöpft bist du nicht, Flush. Dafür bist du zu schlau. Immer irgendwelche Sachen am Laufen! Nie einen ganzen Tag Arbeit! So bist du halt. Ich hab dich in Galveston gesehen, in Schale und alles, wenn du deine Partien mit gezinkten Würfeln steigen lassen hast. Aber du hast mich nicht gesehen. Ich hab eure verruchten Buden ja nur aufgeräumt.»

Bolt schnieft verstimmt. Flush lächelt. Sein Blick ist verträumt.

«Ja», murmelt er, «‹Der Mann aus Galvestone› hat schöne Tage gekannt! Und jetzt bin ich ein Baumwollpflücker ohne Zukunft geworden... Mein Gott, ich hasse diese Scheißbaumwolle!»

In einiger Entfernung von den beiden Schwarzen ist Le Vaseux der Ansicht, dass er genug Vorsprung gewonnen hat. Er unterbricht seine produktive Arbeit. Er packt seine Kugel und rennt los.

«Der Hurensohn!», brummt Bolt neidisch.

Aufseher Cobb stößt einen Fluch aus und gibt seinem Muli die Sporen. Das Tier setzt sich widerwillig in Bewegung. Le Vaseux hat hundert Meter Vorsprung. Er läuft zwischen den Reihen der Baumwollpflanzen auf die rote Ebene zu, die sich bis zum Horizont vor ihm erstreckt. Kurzatmig und alt scheint Cobbs Reittier kaum in der Lage, einen Menschen im Wettlauf zu schlagen. Trotz der Eisenkugel, die ihn behindert, kommt Le Vaseux rasch voran, seine große Brust pumpt die Luft gleichmäßig.

Ein kurzer, schriller Ton klingt dem Flüchtigen in den Ohren, und vor ihm spritzt Erde auf. Gleich darauf hallt der Abgang des Schusses der Winchester über die Plantage.

«Banchee!», ruft Bolt aus.

«Mein Gott», ruft La Trime mit weit aufgerissenen Augen, «er hat seinen Schuss verfehlt!»

Greenes Stimme dröhnt den Rotkugeln in den Ohren.

«Von wegen...»

Die Gefangenen wenden sich dem jungen Mann feindselig zu. Greene grinst traurig. Zwei weitere Schüsse fallen. Dort hinten schlägt La Vaseux eine andere Richtung ein, stürzt beinahe, springt stürmisch über eine Reihe Baumwollpflanzen, wechselt noch einmal die Richtung...

Eine dumpfe Erregung hat die Rotkugeln erfasst. Mit Ausnahme von Greene hüpfen sie auf der Stelle, feuern ihn schreiend an.

Le Vaseux stolpert, fällt, steht sogleich wieder auf. Sein Atem ist jetzt kürzer. Seine schütteren Haare kleben an seinem schweißtriefenden Schädel. Er läuft mit aller Kraft weiter.

Langer-Arm erscheint auf dem Pferd, er kommt aus einer schmalen Furche hervor, die sich an einem der Felder entlangzieht. Die Winchester ruht auf seinem Knie und glänzt in der Sonne. Der Mann hat es nicht eilig.

Das Geschrei der Rotkugeln alarmiert den Flüchtigen. Le Vaseux ändert erneut die Richtung und taucht plötzlich unter das Dach der blühenden Baumwollpflanzen aus dem Blickfeld. Er verschwindet vollkommen. Dort hat die Ernte noch nicht stattgefunden,

die Sträucher stehen über mehrere hundert Quadrat-
meter dicht in Blüte.

«Er muss die Nacht abwarten», sagt Tolliver.

«Dein Kumpel ist am Arsch», sagt Greene trocken.

Der junge Mann lässt sich langsam zu Boden sinken
und streckt sich auf die Ellbogen gestützt aus.

Seine Gefährten werfen ihm einen feindseligen
Blick zu.

«Warum sagst du sowas!», ruft Bolt. «Le Vaseux
hält durch! Nicht wahr, Jungs?»

«Er wird die Beine in die Hand nehmen», erklärt
Greene.

Bolt ist wütend. Wider den Flüchtigen zu sprechen,
scheint ihm, bedeutet wider die Hoffnung aller zu
sprechen, und das findet er zum Kotzen. Dann zieht
der dicke Schwarze einen winzigen Beutel, der seine
Tabakreserve enthält, aus seinem Gürtel und wirft ihn
neben Greene auf den Boden.

«Ich sage, dass Le Vaseux davon kommt.»

Jetzt werfen auch La Trime und Tolliver ihren Ta-
baksbeutel neben Greene und wenden sich dann brummelnd ab. Flush entblößt seine weißen Zähne beinahe
bewundernd. Er wettet nicht. Er hat die Leidenschaft
nie sein Spiel beeinflussen lassen. Er wird nicht hier
damit anfangen. Er begnügt sich damit, zu lachen.

«Greene», feixt er, «du bist schon einer!»

Dort hinten in der Baumwolle, unter der Baumwolle, kommt Le Vaseux hektisch voran, auf allen vieren,
flach auf dem Bauch, das Gesicht voller Erde, mit
brennenden Lungen.

Er erreicht den Feldrain. Vor ihm, die rote und leere

Ebene, eine Fläche ohne Deckung soweit das Auge reicht...

Le Vaseux sperrt die Augen auf, verrenkt sich den Hals, um seine Verfolger zwischen den Blättern zu sichten.

Langer-Arm ist stehen geblieben. Er wartet auf seinem Pferd, den Kolben seiner Winchester an seinem Oberschenkel, den Lauf hoch erhoben. Von seinem Standort aus kann Le Vaseux seine Gesichtszüge nicht erkennen, aber er stellt sich vor, dass sie keinerlei Emotion zeigen, und diese Vorstellung lässt den Flüchtigen erschauern und treibt ihm den Schweiß noch stärker in die Stirn.

Cobb, gefolgt von anderen Aufsehern auf ihren Maultieren, streift langsam durch die Baumwolle und sucht jeden Zoll des buschigen Geländes ab.

Die Rotkugeln stehen immer noch an derselben Stelle. Die fröhliche Erregung ist verschwunden. Sie sind unbeweglich, aber ihre Muskeln verkrampfen sich vor Anspannung, ihre Hände schließen und öffnen sich langsam, erwürgen das Nichts.

«Verfluchte Scheiße!», murmelt Tolliver. «Ich wünschte, ich könnte ihm helfen!»

Flush wirft ihm einen kalten Blick zu.

«Du verlierst den Kopf.»

«Das ist widerlich!», schreit Tolliver, der sich wieder der Farm dort hinten zuwendet. «Hörst du, Potts! Das ist widerlich, was du uns hier antust!»

«Immer mit der Ruhe, Kumpel», sagt Flush sanft. «Es nützt nichts, sich aufzuregen.»

18

Le Vaseux liegt flach auf dem Bauch. Sein Gesicht
glänzt vor Schweiß. Seine Hände zittern. Er betrachtet
die Sonne, die am Horizont versinkt. Wie viele Minuten noch bis zur Dämmerung? Zehn, zwanzig...
Vielleicht mehr.

Die Aufseher nähern sich Meter für Meter.

T. C. Banchee rührt sich immer noch nicht.

19

Auf der wackeligen Außentreppe der Farm beobachten Potts und Pruitt das Geschehen. Pruitt sucht die
Felder mit dem Fernglas ab.

«Wie ist die Lage?»

«Banchee wartet immer noch.»

«Er regt sich niemals auf, soviel ist sicher», sagt
Potts zufrieden. «Und hinter wem ist er her?»

«Hinter einem der Rotkugeln.»

«Doch nicht zufällig Greene?»

«Nein. Greene hat es sich bequem gemacht, als
schaue er eine Tingeltangel-Nummer an...»

Potts schaut auf die Uhr. Pruitt nutzt die Gelegenheit, um sich den Krug zu schnappen, der in der Nähe

auf einer Kiste steht, und genehmigt sich einen tüchtigen Schluck.

«Wenn dieser Knallkopf sich doch nur entschließen würde, sich zu rühren», brummt Potts verärgert. «Er vermasselt gerade den Arbeitsplan.»

Pruitt lächelt schmal.

«Ich wette ein halbes Dutzend Zigarren zu zwei Dollar, dass Banchee ihn mit dem nächsten Schuss umlegt.»

«Glaubst du, was?»

«Aber ja! Dieser Schwachkopf hat nicht die geringste Chance!»

«Zwanzig Dollar, dass doch!»

Pruitt ist sein Lächeln vergangen. Er betrachtet den Schein zögernd.

«Zwanzig Dollar...»

«Entweder du hältst mit, oder du hältst die Schnauze, Klumpfuß!»

Die Kinnpartie des Oberaufsehers spannt sich. Er zieht einen Packen zerknitterter Scheine aus der Tasche. Es sind Eindollarscheine. Pruitt zählt sie eifrig und legt zwanzig davon auf die Kiste. Ihm bleibt ein einziger Schein. Die Hand noch auf seinem Einsatz, zögert der Hinkende.

«Du kannst dir verdammt noch mal literweise Schnaps leisten, wenn du gewinnst», grinst Potts.

«Ich bin sicher, dass ich gewinne.»

Wütend lässt Pruitt die Scheine auf der Kiste liegen und wendet sich wieder den Feldern zu.

In diesem Augenblick verliert Le Vaseux dort unten in der Baumwolle die Kontrolle über seine Nerven.

20

Der Flüchtige bricht aus dem Feld aus und stürzt auf die rötliche Ebene zu. Langer-Arm legt sofort sein Gewehr an, den Daumen schon am Abzug, und vier Schüsse fallen so dicht hintereinander, als wären es Revolverschüsse. Die Patronenhülsen zischen hervor. Kaum hat die erste den Boden berührt, fliegen die anderen auch schon durch die Luft.

Die vier Einschläge umkreisen Le Vaseuxs Füße. Der Flüchtige stürzt jäh, schluchzt vor Wut. Er rappelt sich sogleich wieder auf, läuft weiter. Zwei Schüsse rechts, zwei links. Le Vaseux wirbelt kopflos herum, verfängt sich mit den Füßen in seiner Kette, stürzt erneut und schlägt mit der Kinnlade auf den Boden. Mit schweißüberströmtem Gesicht, weit aufgerissenen Augen und zuckender Lippe wischt er sich mit dem Ärmel ab, bevor er nochmals aufsteht.

T. C. Banchee hat rasch nachgeladen. Seine Gesichtszüge zeigen keinerlei Emotion. Er legt die Waffe erneut an, schießt, einmal, zweimal, dreimal... Der Boden um Le Vaseux erbebt. Der Flüchtige hat sich nicht mehr unter Kontrolle. Er pinkelt sich in die Hose, verstaucht sich den Knöchel, stürzt erneut.

Diesmal steht er nicht wieder auf. Der Schütze lässt ihm keine Zeit mehr dazu. Die Kugeln jaulen über Le Vaseux hinweg, bohren sich unter grässlichen Erschütterungen ganz nah an seinem verkrampften Körper in die Erde. Der Gefangene rollt sich zusammen und versucht verzweifelt, den Schüssen zu entgehen, die Jagd auf ihn machen und ihn in Richtung der Felder zurücktreiben.

Die Aufseher auf ihren Maultieren stürzen sich auf Le Vaseux. Dieser rührt sich nicht mehr. Er bleibt liegen, die Zähne in die Unterlippe verbissen. Sein Mund ist weiß vor getrockneter Spucke. Tränen der Wut quellen aus seinen Augen.

Es ist vorbei. Aufseher Cobb reitet zu ihm, steigt von seinem Muli, bindet Le Vaseuxs Füße fest. Dann steigt er wieder in den Sattel und reitet in Richtung Farm, mit dem wimmernden Gefangen, dessen Gesicht auf dem Boden schleift, im Schlepptau.

21

«Le Vaseux hätte warten müssen», sagt Tolliver. «Es wird bald dunkel...»

«Er hat seine Intelligenz nicht genutzt», sagt Flush.

«Was habt ihr denn erwartet?», fragt Greene trocken. «Ein verdammtes Wunder?»

Er wirft den Wettern ihren Tabak hin. Er wendet sich ab.

Vor der Farm sammelt Potts ruhig die Dollar ein und steckt sie in die Tasche. Er lächelt Pruitt zu.

«Das ist nicht in deinem Sinn gelaufen, Klumpfuß, aber sei's drum... Du hattest Anrecht auf ein wenig

Abwechslung. Das kostet... Das ist schon eine Kleinigkeit wert.»

«Zwanzig Dollar eine Kleinigkeit! Da bin ich aber anderer Meinung. Und ich habe den deutlichen Eindruck, dass Sie von Anfang an wussten, was Banchee vorhatte!»

Potts dreht sich mit friedfertiger Miene um.

«Ich sage sicher nicht, dass du Recht hast, Klumpfuß. Aber man müsste schon ein blutrünstiger Kretin sein, um sich vorzustellen, dass ich gutes Geld an einen Schützen zahle, damit er meine Arbeiter umlegt!»

Glucksend steuert der Eigentümer auf sein Büro zu.

«Wohlgemerkt», fügt er hinzu, «ich behaupte nicht, dass du ein blutrünstiger Kretin bist...»

Pruitt schaut seinem Chef nach. Er knirscht mit den Zähnen, grapscht sich den Krug und führt ihn heftig an die Lippen. Das Gefäß ist leer. Pruitt wirft es weit von sich in eine Gruppe naher Gefangener. Dann geht er, das Bein zieht er nach. Sein Blut ist zu Eis geworden, oder zittert er vor Hass?

22

Nacht, im Zelt das gelbe Licht von der Laterne.

Le Vaseux liegt auf dem Rücken, mit geschwollenen Augen, zermalmter Nase, von Wunden bedeckt. Er bekommt die Lippen nur schwer auseinander.

«Potts war gar nicht so böse, wisst ihr?»

«Ach nein?», sagt La Trime ironisch. «Wie kommt es dann, dass deine Fresse so zugerichtet ist?»

Le Vaseux betastet sein Gesicht.

«Der Klumpfuß... Er sollte mich unmittelbar nach der Standpauke, die Potts mir gehalten hat, zurückbringen. Aber er hat mich hinter die Schuppen geführt. Ich dachte, das Arschloch bringt mich um!»

«Du hast auf jeden Fall Glück gehabt», sagt Flush sanft «T.C. Banchee hätte dir stattdessen auch zwölf Kugeln in den Schädel jagen können.»

«Ja... Trotzdem, wenn er nicht da gewesen wäre, wäre ich tatsächlich davongekommen.»

«Trotzdem bist du hier!», sagt Bolt mit finsterer Miene.

Le Vaseux dreht sich langsam und unter Schmerzen auf seiner Strohmatte um und sucht Tollivers Zustimmung.

«Glaubst du nicht, dass ich es geschafft hätte, Tolly?»

Tolliver betrachtet mit düsterer Miene das Zeltleinen über ihm.

«Was ich glaube, ist nicht so wichtig. Bolt hat Recht. Du bist hier. Das ist alles.»

«Aber…»

«Nun schlaf schon, Vaseux», blafft Tolliver ihn an. Dann wird seine Stimme sanfter.

«Du bist wahrscheinlich ramponierter als du glaubst…»

«Gute Nacht, Tolly», seufzt Le Vaseux widerwillig.

«Gute Nacht, Jungs.»

Einige Worte werden noch gewechselt. Man macht das Licht aus. Die Männer sinken in einen Schlaf der Erschöpfung. Nur Greene bleibt wach. Er raucht eine Zigarette. Seine weit geöffneten Augen starren auf das Leinendach des Zeltes. Er denkt nach. Dann trifft er seine Entscheidung.

DRITTER TEIL

1

Morgengrauen.

Die Rotkugeln liegen in der schwülen Luft des Zelts. Le Vaseux und La Trime schnarchen schwer. Bolt schläft den Schlaf des Gerechten, er atmet tief und regelmäßig, Arme und Beine weit von sich gestreckt. Flush hat sich zusammengerollt. Im Schlaf verliert er seine Eleganz. Er ist nur noch eine Kugel schwarzen, unruhigen Fleischs, das sich an seine vorübergehende Bewusstlosigkeit klammert.

Tolliver schlummert leicht mit verkrampften Händen.

Greene liegt auf dem Bauch, den Kopf auf seinen angewinkelten Armen.

Draußen ertönt unangenehm eine Glocke. Die Aufseher brüllen Befehle.

Die Rotkugeln wachen auf. Nur Greene und Flush bleiben regungslos liegen, während die anderen ihre geröteten Augen aufschlagen, knurren, brummen, halblaut fluchen, langsam aufstehen, ihre schmerzenden Muskeln massieren, mit schmutziger Hand durch ihr staubiges Haar fahren, das Gesicht verziehen.

Bolt beugt sich über Flush.

«He, ‹Mann aus Galveston›... He!», murmelt er liebevoll.

Flush streckt seinen geschmeidigen Körper, grunzt. Plötzlich reißt er die Augen auf und springt im selben Augenblick auf die Füße. Er stolpert völlig verdutzt mitten ins Zelt.

«Ich dachte wirklich, ich sei hier rausgekommen!», stöhnt er.

«Das ist nicht der Fall», erwidert Bolt. «Na los, du Dandy, raus mit dir.»

«Dandy, was!», sagt Flush ohne Wut. «Verdammter Taugenichts...»

Er unterbricht sich und gähnt, reckt sich. Die Rotkugeln verlassen das Zelt. Flush steuert auf Greene zu, der noch immer in seiner Ecke schläft.

«He, auf geht's, Greene! Hörst du mich?»

Den Kopf noch schwer vom Schlaf, geht nun auch der Schwarze hinaus. Greene bleibt ruhig atmend allein im Zelt zurück.

2

Potts rechnet zusammen.

Der Eigentümer sitzt in Hemdsärmeln an seinem Schreibtisch über seine Register gebeugt und notiert gewissenhaft die Schwankungen seines festen und variablen Kapitals. Der Mann ist freundlich gestimmt, wenn auch keineswegs glückselig. Die Buchführung erzeugt niemals reine Glückseligkeit, da sie ihn zwingt die Ausgaben ebenso zu berücksichtigen wie die Einnahmen.

In diesem Augenblick treten seine Aufseher in das Büro ein. Sie werden von Pruitt gefolgt. Sie tragen Greene. Sie werfen ihn auf den Holzboden.

«Schau mal, Greene», bemerkt Potts ruhig, «ich bin sozusagen daran gewöhnt, dass du mir Ärger machst. Und was ist es diesmal?»

Greene steht langsam auf.

«Ich arbeite nicht mehr auf Ihren Feldern», verkündet er.

Pruitt schlägt zu. Greene geht in die Knie, krümmt sich vor Schmerzen. Potts runzelt die Stirn.

«Hast du nichts anderes in der Gegend zu tun, Klumpfuß?»

Pruitt verzieht mürrisch das Gesicht.

«Ich dachte, dass es Ihnen lieber wäre, wenn ich bleibe, für den Fall, dass...»

«Da bist du schief gewickelt!», unterbricht Potts ihn.

Pruitt schaut noch ein wenig mürrischer drein und verlässt das Büro.

«Nicht nötig, mich vor Greene zu erniedrigen», versetzt er von der Tür aus.

«Zieh Leine», sagt Potts, «oder es ist aus zwischen uns, gute alte Zeit hin oder her!»

Pruitt verzieht sich. Potts und Greene bleiben allein unter vier Augen.

«Manchmal», sagt Potts, «geht dieser Typ mir auf den Geist. Aber ich vermute, er ist von Nutzen.»

«Ja», sagt Greene, «vor allem hinter den Scheunen, mit einem Knüppel!»

«Das reicht! Nicht, dass ich gutheiße, was er getan hat, aber du musst zugeben, dass Le Vaseux alles versucht hat, um zu fliehen. Und selbst du wirst verstehen, dass er dadurch bei mir nicht gerade gut angeschrieben ist!»

Greene lächelt kalt.

«Und er ist nur ein Sträfling, nicht wahr, Potts?»

«Für wen hältst du dich, Kleiner? Einen Heiligen?»

«Nie einen Fuß in die Kirche gesetzt», grinst Greene.

«Nun, umso besser, wenn du keiner von diesen Schwachköpfen bist. Trotzdem bildest du dir ein, du könntest die Dinge wesentlich besser auf die Reihe kriegen, als wir anderen, was, Greene?»

«Das heißt?»

«Das heißt, was es heißt!», schreit der Eigentümer. «Das heißt, dass du dich für besser als alle anderen hältst! Nun, das stimmt aber nicht! Also sei so gut, lass mich in Frieden und geh mit den anderen Taugenichtsen malochen!»

«Ich sagte bereits, dass ich nicht mehr arbeite. Ich pflücke keine Baumwolle mehr, Potts.»

Der Farmer lehnt sich in seinem Sitz zurück. Er betrachtet Greene und lächelt maliziös:

«Das sollte ich dir zwar nicht sagen, Greene, aber ich weiß, was dir eigentlich Bauchschmerzen macht. Es ist mein Langer-Arm!»

Potts Lächeln erlischt. Seine Stimme ist kalt.

«Jetzt weißt du, dass du nicht fliehen kannst. Ich

vermute, dass du dir eine andere krumme Tour ausge-
dacht hast. Aber daraus wird nichts, weil du in Einzel-
haft wanderst. Ich gehe keine Risiken mehr mit dir
ein, Greene, aus und vorbei!»

Der Eigentümer wendet sich zur Tür.

«Klumpfuß!», ruft er.

Pruitts hinkender Gang ist zu hören, er kommt näher. Potts und Greene sehen sich schweigend an.

3

Die Rotkugeln sind bei der Arbeit. Greene fehlt.
Greene fehlt schon seit mehreren, ja seit zahlreichen
Tagen.

In einiger Entfernung reitet Pruitt auf einem Maultier über ein Feld und steuert auf die Farm zu. Der dicke Bolt wirft ihm einen griesgrämigen Blick zu.

«Man kann die Uhr stellen nach diesem Hinke-
fuß...»

Le Vaseux und Tolliver haben Pruitts Weg gemein-
sam mit dem Blick verfolgt. Sie beugen sich wieder
über ihre Arbeit.

«Stell dir das mal vor», murmelt Tolliver neidisch.
«Stell dir Greene vor, der einfach so eiskalt die Arbeit
verweigert...»

«Ja, aber um diese Zeit zahlt er täglich dafür.»

Dort hinten hat Pruitt die winzige Baracke von der Größe einer großen Hundehütte, die als Einzelzelle dient, fast erreicht.

«Er kriegt bestimmt ordentlich was in die Fresse», seufzt Le Vaseux.

«Das kann auch nicht schlimmer sein», murmelt Tolliver nachdenklich, «als in der Sonne Baumwolle zu pflücken.»

Pruitt befindet sich jetzt am Eingang der Einzelzelle. Greene liegt auf dem Boden zusammengerollt, zerzaust, dreckig, bärtig. Pruitt verprügelt ihn methodisch, sorgfältig. Fußtritte ins Kreuz und in den Bauch. Knüppelhiebe auf den Kopf und auf die Knie. Greene reagiert nicht. Mit eingezogenem Kopf, den Körper gegen die Wand der Hütte zu einer Kugel gerollt, lässt er die Flut von Schlägen teilnahmslos über sich ergehen.

Pruitt richtet sich wieder auf. Er schwitzt und ist außer Atem. Er verzerrt wütend das Gesicht, während er seine Handschuhe auszieht, die er in der Gesäßtasche seiner Leinenhose verstaut.

Greene richtet sich ein wenig auf und lächelt Pruitt an.

Der Oberaufseher beißt die Zähne zusammen und verpasst Greene einen Fußtritt in die Rippen. Greene verzieht das Gesicht und sinkt zurück. Pruitt geht hinaus. Der Oberaufseher ist zutiefst unzufrieden. Er verspürt den unbändigen Wunsch, Greene zu töten. Er zittert beim Gedanken daran.

Nachdem er die Tür der Hütte verschlossen hat, steigt der Mann wieder auf sein Muli und macht sich erneut auf den Weg über die Felder. Die Rotkugeln, die um den Wassertank versammelt sind, sehen ihn vorbeireiten. Tolliver ist nachdenklich. Er blinzelt nervös mit den Augen.

«Was würdet ihr sagen», fragt er plötzlich, «wenn wir die Arbeit niederlegen würden? Alle!»

«Du spinnst!»

Tolliver schüttelt den Kopf.

«Ich begreife allmählich, was Greene im Schilde führt.»

«Ach ja? Und das wäre?»

Tolliver lächelt Le Vaseux an.

«Diese Plantage schließen zu lassen.»

«Was ist denn das für ein Blödsinn?»

«Überleg mal!», sagt Tolliver mit bebender Stimme. «Überleg mal! Wenn niemand mehr arbeitet, müssen sie uns wieder in den Knast stecken. Das ist wesentlich angenehmer, als den ganzen Tag Baumwolle zu pflücken, oder?»

Le Vaseux schüttelt langsam seinen großen Kopf.

«Das klappt nie...»

«Vielleicht nicht. Aber wir wären bei der Sache nicht allein.»

4

Einige Stunden später gelangt Flush ohne Probleme zu
einem Zelt, in das die Gefangenen ohne Kugeln ge-
pfercht sind, und nimmt mit Russki und Vieux-
Chesne, den Vollzeit-Bandenführern und zeitweisen
Schnapslieferanten, Kontakt auf. Man unterhält sich.
Man wird einig. Man trennt sich.

5

Pruitt sitzt hinten auf einem Wagen und sieht den
Männern zu, die die Baumwolle aufladen.

«He, Mister Pruitt... Was sagen Sie dazu?»

Pruitt dreht sich um. Der Kutscher des Wagens
zeigt auf das Feld in einiger Entfernung, wo die Rotkugeln arbeiten sollten. Sie arbeiten nicht. Sie haben
sich gemütlich niedergelassen, plaudern und rauchen.

Pruitt macht ein saures Gesicht. Er springt von dem
Baumwollwagen, humpelt hastig zu seinem Pferd und
steigt auf. Er reitet im Galopp über die Plantage, und
sein Klumpfuß schlackert im Steigbügel. Er kommt
mitten unter den Rotkugeln an und reißt sein Reitpferd
heftig am Maul, so dass dieses schnaubend und mit
eingeknickten Knien abrupt zum Stehen kommt.

«Saubande!», kläfft der Oberaufseher. «Ihr könnt
was erleben!»

Tolliver sieht ihn ruhig an.

«Wir arbeiten nicht mehr.»

Pruitt schlägt ihm seine Peitsche über den Kopf. Tolliver verzerrt das Gesicht vor Schmerz.

«Schnauze!», schreit Pruitt. «An die Arbeit!»

«Sie können uns schlagen, so viel sie wollen», bemerkt Tolliver.

Pruitts schmaler, roter Mund verzerrt sich vor Wut. Der Mann treibt sein Pferd vor La Trime. Der Alte macht ein erschrockenes Gesicht.

«Mister Pruitt... Ich...»

«Du was?»

«Ich pflücke keine Baumwolle mehr», stammelt La Trime voller Angst.

«Wenn du wie dein Kumpel Greene behandelt werden willst, brauchst du nur so sitzen zu bleiben!»

«Greene ist nicht mein Kumpel!», empört sich der Alte. «Und überhaupt, das ist nicht fair... Dieses Schwein rührt keinen Finger, während wir uns abschinden wie eine Bande Nigger!»

Pruitts Mund klappt auf und wieder zu. Seine Stimme klingt scharf, kalt.

«Heb den Sack auf, du altes Dreckstück.»

Neben La Trime steckt Flush sich in aller Ruhe eine Zigarette an, dreht das Streichholz dann in den Fingern.

«Hau ab», sagt er zu Pruitt. «Verpiss dich, du Schnapsdrossel.»

Pruitt verharrt einen Moment, ohne zu reagieren. Das Blut weicht ihm aus dem Gesicht. Plötzlich scheint er auf seinem Pferd von Krämpfen geschüttelt zu werden, gibt dem Tier mit einem unartikulierten Schrei wie ein Wahnsinniger die Sporen, so dass dieses unter die Rotkugeln springt, und drischt mit Peitschenhieben auf die Männer ein, wirbelt ächzend wie ein Schlachter herum und schlägt wie wild um sich.

Die Gefangenen rühren sich nicht, während das Leder auf sie niederprasselt.

6

Die Sonne scheint.

La Trime, Le Vaseux und Tolliver, Flush und Bolt sind an Armen und Hals an eine Art Holzgestell gefesselt, das als Pranger dient. Auf den Zehenspitzen stehend, verziehen sie kaum das Gesicht, benommen vom Schmerz und von den Schlägen. Die Peitsche hat ihre grobe Kleidung und ihr Fleisch zerfetzt. Ihre Muskeln zucken vor Krämpfen. Der Schweiß tropft ihnen langsam von Gesicht und Körper und fällt in den roten Staub, wo er sofort trocknet. Ihre Ketten sind brennend heiß.

In kurzer Entfernung von den Gepeinigten versammelt man die Gefangenen ohne Ketten und führt sie auf die Felder. Vorschriftsmäßig in Reih und Glied setzen die Männer sich in Marsch. Die Bandenführer Russki und Vieux-Chesne sind mitten unter ihnen.

Keiner von beiden sieht die Rotkugeln an, als sie an ihnen vorbeikommen.

«Werden wir gewinnen?», murmelt Bolt müde und zweiflerisch.

Flush neben ihm seufzt.

«Das sag ich dir doch die ganze Zeit!»

«Und wann legen die anderen die Hände in den Schoß?»

«Welchen Tag haben wir heute?»

«Warum fragst du mich, welchen Tag wir heute haben?», erwidert Bolt vorwurfsvoll. «Du weißt doch, dass ich keine Ahnung habe…»

«Na gut», sagt Flush, «welchen Monat haben wir?»

«Warte, lass mich nachdenken», sagt Bolt, der sich eifrig konzentriert. «Nun ja… Wir haben Juli, klar! Den Monat der Baumwolle. Juli.»

«Also», sagt Flush, «dann stellst du mir deine Frage noch mal, wenn wir Oktober haben.»

Bolt rollt seine großen Augen vor Entsetzen.

«Oktober! Scheiße auch, ich werde nicht die ganze Zeit hier bleiben. Scheiß auf den Deal, den wir abgeschlossen haben!»

«Bolt», sagt Flush tadelnd, «du enttäuschst mich… Du enttäuschst mich sehr…»

Bolt fährt sich nervös mit der trockenen Zunge über die trockenen Lippen, als Pruitt erscheint und sein Pferd vor den Rotkugeln anhält.

«Immer noch Kraft zu reden, was?»

«Nein, *Massa* Pruitt», erklärt Flush. «Sein nur zwei arm Nigger, todmüd!»

«Spiel mir kein Niggertheater vor!», brüllt Pruitt.

«Du verdammter Zuhälter! Bigamie, von wegen... Ich hab deine Akte gesehen!»

Wutentbrannt gibt Pruitt seinem Reitpferd die Sporen und reitet davon. Die Sonne folgt am Himmel ihrem langsamen Kurs. Er reitet zum Horizont hinunter. Der Horizont verschluckt ihn. Die Bestraften sind noch immer regungslos. Sie sprechen nicht mehr, sind zu erschöpft. Sie urinieren nicht mehr. Sie wissen nicht mehr, ob sie wach sind oder träumen. Sie warten.

Die Morgendämmerung kommt, und die fünf Männer erkennen sie nicht sofort, denn seit Stunden gleißt eine schmerzhafte Sonne im Innern ihrer Schädel. Ihre Zunge ist in ihrem Mund geschwollen. Sie verrenken sich langsam den Hals bei dem Versuch, ein wenig Tau zu lecken.

Die Glocke ruft die Gefangen auf, ihren Arbeitstag mit Eifer zu beginnen. Die Aufseher brüllen Befehle. Man kommt in der schrägstehenden Sonne des frühen Morgens aus den Zelten. Man stellt sich vor dem Schuppen an, wo der Koch einen bitteren Kaffee und Maronenbrot austeilt.

Die Rotkugeln sehen den anderen beim Essen zu.

Jetzt beginnen die Aufseher, die Männer in einer Reihe aufzustellen, um sie auf die Felder zu führen. Aber die Männer stellen sich nicht in einer Reihe auf. Sie lassen sich schubsen, die ersten Schläge fallen, aber die Männer bleiben in Gruppen stehen, stoßen schwankend aneinander. Inmitten der kleinen Men-

schenmenge sprechen Russki und Vieux-Chesne ihnen
Mut oder Drohungen zu.

Immer mehr Peitschenhiebe knallen. Die Aufseher
brüllen rum.

Die Männer stellen sich immer noch nicht in einer
Reihe auf.

7

Potts und der Klumpfuß stehen vor der Farm. Aufseher Cobb hält sein Muli vor ihnen an.

«Sie wollen nicht arbeiten.»

«Bei Judas!», schimpft der Eigentümer wütend.
«Das ist doch der Gipfel! Wir haben einen Verrückten
in der Einzelzelle, fünf Rotkugeln am Pranger, und
jetzt weigert sich auch noch der Rest der Schwachköpfe, mir meine Baumwolle zu pflücken! Die Mistkerle
bringen mich noch ins Armenhaus!»

«Wollen Sie, dass ich mich darum kümmere?»,
fragt Pruitt.

Potts sieht seinen Oberaufseher, der es gar nicht
abwarten kann zuzuschlagen, feindselig an.

«Damit du sie mir halb totprügelst!»

Potts wendet sich entmutigt ab. Er streicht sich nervös über die schlecht rasierte Wange. Er ist wütend,
aber auch fassungslos. Sein Kopf ist leer, ohne Ideen.

Er betrachtet den roten Boden mit abwesendem Gesichtsausdruck.

Bei den Gefangenen hat sich die Aufregung gelegt. Sie bleiben aneinandergedrängt stehen. Die Aufseher versuchen nicht mehr, sie zum Weitergehen zu bewegen, und sitzen unbeweglich auf ihren Mulis, das Gewehr im Anschlag.

Potts hat sich eine Zigarre angesteckt. T. C. Banchee steht im Schatten der Farm, seine Winchester unter dem Arm, den Lauf auf den Boden gerichtet; er wartet auf Befehle. Mit großen Schlucken Schnaps schürt Pruitt das Feuer, das in ihm brennt.

«Haben Sie vor, den ganzen Tag dort zu stehen und auf Ihrer Zigarre herumzukauen?», fragt er mit tonloser Stimme.

«Falls du es noch nicht begriffen haben solltest», erwidert Potts, «sind sie es, die am längeren Hebel sitzen.»

«Scheiße auch, ja», schimpft der Oberaufseher. «Nichts, was sich nicht mit einigen Winchestern regeln ließe.»

«Na los doch! Lös den Krieg nur aus! Und wer pflückt mir dann meine Baumwolle? Du und Banchee?»

Pruitt senkt den Kopf und schweigt. Potts zieht weiter an seiner Zigarre und massiert sich die Wange. Eine Idee beginnt in der Leere seines Kopfes Gestalt anzunehmen.

8

Jetzt ist Nacht. Aber die Rotkugeln sind nicht mehr gefesselt. Flush und Tolliver befinden sich in Begleitung von Russki und Vieux-Chesne in Potts Büro. Der Eigentümer sitzt in seinem Drehstuhl und betrachtet sie mit väterlichem Blick über den mit Lebensmitteln überladenen Schreibtisch hinweg. Er hat Wassermelonen, Mais, Brot und sogar Fleisch bringen lassen. Und Alkohol. Alkohol und eine gute Zigarre, das entspannt die Atmosphäre.

Potts erscheint die Atmosphäre noch nicht entspannt genug. Flush ausgenommen, fühlen sich die Gefangenen auf der anderen Seite des Tischs offensichtlich nicht wohl in ihrer Haut, möglicherweise sind sie feindselig. Sie werfen verstohlene Blicke zu T.C. Banchee, der hinten im Raum auf einem Hocker thront und an einer kleinen gelben Pfeife saugt.

Als Flush eine Zigarre aus der offenen Kiste auf dem Tisch nimmt, gibt Potts ihm Feuer, damit die Atmosphäre sich besser entspannt.

«Das war ein harter Tag, was?», sagt er und macht ein verständnisvolles Gesicht.

Die Gefangenen antworten nicht. Sie schlürfen den großzügig angebotenen Schnaps. Potts nimmt keinen Anstoß daran. Verständnis überkommt ihn. Er ist bereit, ihnen etliche Schritte entgegen zu kommen, damit sich das Klima des Vertrauens einstellt, das für die Wiederaufnahme der Arbeit notwendig ist. Er versucht, seinen Liberalismus mit seinen Gegenübern zu teilen. Er spricht sich aus. Er vertraut sich an.

«Jungs, ihr habt mich sozusagen in eine heikle Lage gebracht. Ich habe recht viele Projekte, die mit dieser Baumwolle stehen und fallen... Daher, nun ja, es wäre mir lieb, wenn wir dieses kleine Problem so schnell wie möglich lösen könnten...»

«Das ist kein kleines Problem», sagt Flush, «weil wir nicht mehr arbeiten werden. Weil wir die Schnauze voll davon haben, den ganzen Tag auf den Feldern zu arbeiten. Nichts in unserer Verurteilung sagt, dass wir Baumwolle pflücken müssen wie eine Bande schwachköpfiger Sklaven.»

«Nichts, hm?», wiederholt Potts, ohne sein Wohlwollen zu verlieren. «Bildet ihr euch etwa ein, dass ich euch dem Staat gestohlen habe, oder was?»

Der Eigentümer schwenkt einen Packen offizieller Dokumente und wirft sie auf den Tisch.

«Eure Verträge! Fast hundert Seiten juristisches Geschmiere, unterschrieben und paraphiert. Lest selbst, wenn ihr mir nicht glaubt!»

Tollivers Stimme lässt sich vernehmen, klar und deutlich.

«Ihre Verträge gehen uns am Arsch vorbei. Wenn Sie so scharf auf diese Baumwolle sind, pflücken Sie sie doch selbst.»

Potts Ansicht nach geht solch eine Bemerkung zu weit.

«Ihr wisst, dass ich dem Klumpfuß den Befehl geben kann, euch auf die Felder zu schleifen...»

Mit zusammengekniffenen Lippen schaut der Eigentümer den vier Gefangenen der Reihe nach in die verstockten Gesichter.

«Was ich sagen will», erklärt er, «ist, dass es genau betrachtet – rein hypothetisch – keinen Arsch interessiert, was aus euch wird...»

Potts schlägt mit der Hand auf den Tisch.

«Außer mir!», schließt er.

«Außer Ihnen, solange die Ernte noch nicht erledigt ist, nicht wahr, Sie liebenswürdiger Retter?», flüstert Flush.

Potts seufzt auf.

«Ihr redet mehr und mehr wie Greene.»

Der Eigentümer zieht einen kleinen Beutel aus der Tasche. Mit Wut im Bauch öffnet er das Schnürchen, mit dem er verschlossen ist.

«Wir haben keine Angst, weder vor Ihnen noch vor dem Klumpfuß», erklärt Russki mit kehliger Stimme.

«Ich weiß, ich weiß», sagt Potts, der mit Gedanken woanders ist. «Erspart mir die alte Helden-Leier, hm...»

Der Eigentümer öffnet den kleinen Beutel, leert ihn über dem Tisch aus. Eine Flut Goldpulver ergießt sich daraus.

«Ihr wollt einfach nicht begreifen, dass ihr Unrecht habt, und ich habe leider nicht die Zeit, es euch zu erklären. Hier sind zweihundert Dollar. Sie gehören euch, wenn ihr eure Jungs wieder an die Arbeit schickt.»

Auf der anderen Tischseite strahlen die Münder, die Blicke zögern.

«Teilt das durch vier», sagt Potts, «und ihr könnt

euch einen ganzen verdammten Haufen schöne Sachen leisten, wenn ihr wieder hinter Gitter geht...»

Die Gefangenen antworten immer noch nicht. Der Plantagenbesitzer schlürft ein wenig Schnaps, er gibt sich gutmütig.

«Scheiße auch!», merkt er an. «Die Ernte ist schon fast halb erledigt...»

Gegenüber herrscht immer noch Schweigen. Dann verzerrt sich Russkis kahlköpfiges und von Narben zerfurchtes Gesicht. Er knallt den Krug, den er in der Hand hielt, krachend auf den Tisch. Potts Mund legt sich in bittere Falten. Mit einer letzten Anstrengung schaut er in das verschlossene Gesicht von Tolliver, von Flush...

«Ihr seid also entschlossen, mich zu ruinieren, so wie ich das sehe», sagt er tonlos.

Er wendet sich an seinen Scharfschützen.

«Schmeiß diese Arschlöcher raus, sei so gut...»

T.C. Banchee erhebt sich, betätigt den Hebel der Winchester und richtet sie auf die Gefangenen. Diese stehen auf. Flush deutet eine Bewegung zu dem halb vollen Schnapsglas an, das noch auf dem Schreibtisch steht, aber das Gewehr folgt seiner Bewegung, und er hält inne.

«Und lasst eure Zigarren hier!», befiehlt Potts. «Sie haben mich einen Nickel das Stück gekostet!»

9

Zurück zum vorhergehenden Problem.

Die Gefangenen sind noch immer zwischen den Gebäuden versammelt, mit Ausnahme der Rotkugeln, die man an ihr Holzgestell gefesselt hat. Die fünf Männer rühren sich nicht mehr, sprechen nicht mehr. Ihr Blick ist erloschen.

In der Hütte, die als Einzelzelle dient, sitzt Greene mit angezogenen Beinen, den Rücken an der Wand. Durch die Spalten zwischen den Brettern beobachtet er die Lage. Der junge Mann ist zerlumpt, seine Haut ist voller blauer Flecken und Blutergüsse, Schnittwunden und Schorf, aber sein Mund und Blick bleiben fest.

Potts liegt auf einem Feldbett in einer Ecke seines Büros. Er ist wach, denn es ist schon wieder helllichter Tag, und im Übrigen hat er diese Nacht kaum ein Auge zugetan. Ein Schnapsglas ruht auf seinem Bauch, an seinen Lippen baumelt eine erloschene Zigarre. Leise aber nervös klopfen seine kurzen und gerillten Fingernägel gegen das Glas. Der Mann ist sich dieser automatischen Bewegung nicht bewusst.

Pruitt lehnt am Schreibtisch. Seine ganze Kinnpartie ist verzerrt vor Frustration und dem Verlangen nach Gewalt. Er knallt mit seiner kurzstieligen Peitsche auf den Boden.

«Das bringt uns alles nicht weiter», erklärt er. «Wenn Sie mich machen lassen würden...»

«Dräng mich nicht», unterbricht Potts sanft. «Zunächst einmal, wie ist das Wetter draußen? Wird es viel Sonne geben?»

«Ja. Eine verdammte Bratpfanne, möchte ich meinen.»

Der Hinkende wirft seinem Chef einen Seitenblick zu.

«Seit wann interessiert Sie das Wetter?»

Potts antwortet nicht. Pruitt wirft seine Peitsche in eine Ecke, greift sich einen Krug und setzt sich in den Sessel des Eigentümers.

«Sie haben doch nichts dagegen, Potts, oder?»

«Warum sollte ich was dagegen haben?», fragt Potts mit einem gutmütigen Lächeln. «Der Mann hat ein Recht auf kleine Vergnügen im Leben. Versuch nur nicht, meine Stiefel anzuziehen, das ist alles, was ich verlange...»

Die Sonne steigt am Himmel. Die Feuchtigkeit der Morgendämmerung, jetzt schon kaum wahrnehmbar, verdunstet sogleich. Es bleibt eine Atmosphäre, trocken wie Asche, und brennend, und unbeweglich.

Der Morgen schreitet voran, und die Gefangenen draußen leiden. Sie sprechen nicht mehr. Sie suchen ihren gegenseitigen Schatten, streiten sich matt um die geschützten Plätze, die Hüte. Ihr Mund trocknet aus, und ihre Zunge schwillt an.

Die Rotkugeln scheinen so gut wie bewusstlos. Die Sonne verbrutzelt ihre Haut. Der Dreck setzt sich in ihrem offenen Fleisch fest, das die Farbe einer in Asche gebratenen Hammelkeule annimmt.

Es gibt weder Wasser noch Nahrung für die Gefangenen. Die Aufseher dagegen, die langsam um die stumme Menge kreisen, tragen eine Feldflasche an ihrem Sattelknauf. Sie trinken häufig. Nach und nach steigert sich der Groll der Sträflinge aufs Äußerste.

Plötzlich werden mitten unter den Männern Beschimpfungen laut. Schläge werden ausgetauscht. Körper purzeln in den Staub. Man streitet sich um einen Hut. Ein Aufseher gibt seinem Muli die Sporen und begibt sich zu dem Ort des Streits. Bei dieser Bewegung, die er macht, rutscht seine Feldflasche vom Sattel und fällt in den roten Staub.

Vieux-Chesne stürzt sich auf das Trinkgefäß, baut auf seine hundert Kilo Muskelfleisch und Gemeinheit, um die Konkurrenten beiseite zu stoßen. Er schnappt sich die Feldflasche. Ein Klicken, ein Knall. Der Gegenstand wird ihm aus der Hand gerissen und fliegt auf den Boden. Vieux-Chesne taucht nach dem Wasser. Vier Kugeln miauen, und die Feldflasche springt hin und her, rutscht in den Staub und zerplatzt unter den Einschlägen.

Vieux-Chesne wendet seine massige Gestalt der Farm zu. Seine kleinen, grausamen Augen leuchten vor Hass. Dort, im Schatten des Vorbaus, sitzt Langer-Arm, friedlich, die Pfeife im Mund, die Winchester auf den Knien. Vieux-Chesne knurrt und geht einen Schritt auf den Mann zu. Dieser richtet seine Waffe auf ihn. Vieux-Chesne gibt auf.

Die Hitze nimmt von Minute zu Minute zu.

10

Es ist Nacht. Potts sitzt friedlich da, die Füße auf dem Tisch. Er hält Spielkarten in der Hand und wirft sie geschickt in seinen Hut hinein, der auf dem Schreibtisch liegt. Pruitt geht auf und ab, immer lauter und nervöser.

«Genug!», befiehlt Potts. «Du ziehst die ganze Zeit dein Bein hinterher, und das macht mir eine Gänsehaut.»

Pruitt schaut Potts in die Augen. Das Blut zeichnet eine Art rötliche Halbmaske um dessen Augen. Seine schmalen Lippen entblößen seine Zähne, aber nicht, um zu lächeln.

«Sie ertragen die Sonne nicht mehr sehr lange», sagt der Oberaufseher. «Und was machen wir dann?»

«Wir!», wiederholt Potts ironisch. «Ach ja, für den Anfang nimmst du meinen Sessel und stellst ihn dorthin…»

Er zeigt auf den Boden vor dem Schreibtisch.

«Dann», sagt er, «steigst du drauf und entfernst dieses verfluchte Wespennest.»

Der Plantagenbesitzer steht auf, reckt sich.

«In der Zwischenzeit», endet er, «drehe ich eine kleine Runde, um die gute Nachtluft zu atmen.»

Pruitt erwidert nichts. Potts steuert auf die Tür zu. Im Türrahmen angekommen, dreht er sich um.

«Es kann sein, dass ich eine ganze Weile weg sein werde, Klumpfuß, also mach dir keine Sorgen, du kannst meinen Sessel nehmen und dich darin ausruhen. Alles, was ich verlange, ist, dass du dich den Gefangenen nicht näherst.»

Pruitt behält seinen bockigen Gesichtsausdruck bei. Potts schüttelt den Kopf, wendet sich ab. Die Nacht verschluckt ihn. Kurz darauf sind in der Dunkelheit der Galopp eines Pferdes und das Knarren eines Wagens zu hören, der davonfährt.

Pruitt bleibt regungslos. Er fragt sich, was sein Chef im Schilde führt. Pruitt für seinen Teil hat keine Vorstellung, keine Lösung außer Gemetzel, morgen oder bald, die langen Läufe der Winchester, die Feuer und Eisen spucken und Löcher in einen verabscheuungswürdigen Haufen bohren, und Pruitt lächelt, er sieht Greenes Schädel zerspringen, aber vorher würde er ihm in die Eier schießen. Pruitt lacht beinahe, Potts und die Baumwolle sind ihm scheißegal, er hofft nur, dass der Chef sich bis morgen nicht irgendetwas ausdenken würde, und er fragt sich, was er in der Nacht vorhat.

11

Die Nacht vergeht, und der ganze nächste Tag. Das Gesicht der Gepeinigten ist schwarz. Sie zeigen keine Reaktion mehr. Die anderen Gefangenen werden immer unruhiger. In ihren Reihen wird gemurrt. Die Schwächsten geben allmählich auf, sie dämmern auf dem Boden vor sich hin, verlieren das Bewusstsein, verlangen jammernd nach Wasser, nach Schatten... Die anderen lassen die Aufseher jetzt nicht mehr aus den Augen, die sich in einiger Entfernung halten, den Daumen am Hahn ihres Gewehrs.

Pruitt zieht sich vor Furcht und Verlangen der Magen zusammen. Es handelt sich nur noch um wenige Stunden vor dem großen Knall.

Darüber bricht eine neue Nacht herein.

12

Morgendämmerung.

Es ist der dritte Streiktag. Es ist der dritte Tag ohne Wasser, der anbricht. Die Gefangenen drängen sich flüsternd aneinander. Sie zittern vor Schwäche. Russki und Vieux-Chesne bewegen sich unter ihnen, neigen sich hier- und dorthin, murmeln etwas. Man nickt, die Fäuste werden geballt. Finger kratzen im Staub auf der Suche nach einem Stein oder einem Stück Holz.

In dem Moment taucht Potts aus der Baracke auf. Mit großen Schritten geht er nach vorn auf die Außentreppe, vorbei an Langer-Arm und den Aufsehern, die ihn umringen. Der Plantagenbesitzer bietet den Gefangenen die Stirn.

«Na ja», schreit er, «es lässt sich wahrlich nicht leugnen, dass wir in eine beschissene Situation geraten sind!»

Die Gefangenen murmeln. Russki und Vieux-Chesne gehen mit gutem Beispiel voran und beginnen hämisch zu lachen. Eine laute Woge schwillt an, bestehend aus hämischem Lachen, Beschimpfungen, Drohungen, und brandet Potts entgegen, der ruhig darauf wartet, dass der Tumult sich legt.

Unterdessen ist Pruitt aus der Baracke getreten. Er hat sich eilig zu der Einzelzelle begeben. Er öffnet die kleine Brettertür, packt Greene im Innern der Hütte, zerrt ihn nach draußen und lehnt ihn mit hämischem Lächeln gegen die Tür.

Der Lärm legt sich. Potts ergreift wieder das Wort.

«Also dachte ich mir, dass ich etwas herbringen würde, etwas, das der Situation ein Ende setzen würde...»

Angespanntes Schweigen. Die Gefangenen glauben zu ahnen, dass neue Sträflings-Aufseher auftauchen werden, und Waffen. Die Muskeln spannen sich. Man sammelt sich, um den bevorstehenden Ereignissen Widerstand zu leisten.

Vor der Einzelzelle wirft Greene einen wachsamen Blick auf Pruitt. Der Hinkende verbirgt nur schlecht eine lüsterne Freude. Die Angst schnürt Greene die Kehle zu.

Callie erscheint.

Sie ist umwerfend und aufreizend. Sie hat ein Kostüm angezogen, das besser in einen Saloon passen würde. Schwarze Strumpfhosen umschließen ihre langen, muskulösen Beine, die das Kleid aus Flitter großzügig entblößt. Das mit Pailletten und Stickerei verzierte Bustier ist tief ausgeschnitten, um die üppigen und prallen Brüste zu zeigen. Der volle Mund wirkt noch voller durch einen aggressiven, leuchtend roten Lippenstift.

Callie schreitet auf die Außentreppe der Farm vor. Aufseher Cobb, dem die Augen aus dem Kopf quellen, bringt ihr einen Stuhl.

«Setzt dich, Schätzchen», sagt Potts väterlich. «Mach es dir bequem...»

Callie setzt sich, fügsam lächelnd, und schlägt die Beine sehr hoch übereinander. Das verdatterte Schweigen der Gefangenen weicht allmählich einem Sturm von Schreien der Begeisterung. Die Menge steht auf. Die Männer zappeln, schreien, pfeifen. Vieux-Chesne und Russki versuchen vergeblich, sie zu beruhigen. Sogar die Rotkugeln, die an ihrem Gestell hängen, scheinen vor diesem wunderschönen Wesen, das dort oben Posen einnimmt, wieder zum Leben zu erwachen...»

«Sagt mal», brummt Flush mit belegter Stimme, «ist das nicht Greenes Frau?»

«Mir scheißegal, wer das ist», kreischt La Trime. «Alles, was ich weiß, ist, dass ich die Falsche vergewaltigt hab!»

Potts ist einen Schritt zurückgewichen. Er legt Callie eine Hand auf die nackte Schulter.

«Dieses charmante, kleine Ding ist gekommen, um...»

Das Geschrei der Gefangenen zwingt ihn, erneut innezuhalten. Sogar die Rotkugeln haben angefangen zu grölen, mit Ausnahme von Flush und Greene. Die Männer scheinen ungeahnte Kräfte wiederzufinden. Der alte La Trime spürt plötzlich wie durch ein Wunder einen Rest Spucke in seinem Mund und beeilt sich, in seinen Bart zu sabbern. Der Aufruhr ist gewaltig.

Greene zittert vor der Einzelzelle. Pruitt beobachtet ihn höchst genussvoll.

«Dieses charmante kleine Ding», fährt Potts fort, als das Gegröle sich legt, «ist hier, um euch zu zeigen, was ihr verpasst, Jungs!»

Um seine Worte besser zu untermalen, kneift der Eigentümer Callie in die Schulter, die daraufhin hochfährt und den Oberkörper beugt. Ihre üppigen Brüste flutschen beinahe aus dem Bustier. Ihr Rock flattert hin und her, und ihr Oberschenkel kommt zum Vorschein.

Jetzt drängeln sich die Zuschauer, um besser sehen zu können. Das Gebrüll hört nicht auf, man wird handgreiflich. Fußtritte und Fausthiebe werden in dem Gewühl ausgetauscht. Russki und Vieux-Chesne haben der allgemeinen Raserei schließlich nachgegeben und bahnen sich einen Weg in die erste Reihe, ohne Rücksicht auf ihre Gefährten.

«Jungs», sagt Potts, «ich bin ein Kapitalist, und damit basta! Ich bin weder an Prinzipien, noch an Rachsucht interessiert, ja nicht einmal daran, den Leuten zu zeigen, wer hier wirklich der Herr ist. Nein, *Massa*! Alles, was mich interessiert, ist, dass meine Baumwolle gepflückt wird.»

Der Eigentümer ist ganz Lächeln. Er weiß bereits, dass er gewonnen hat. Die Gefangenen schubsen und drängen sich. Sie haben sich unmerklich der Baracke genähert, aber die Winchester von Langer-Arm kühlt ihren Elan ab.

«Deshalb», fährt Potts fort, «fordere ich euch hiermit nochmals auf, auf die Felder zu gehen und mir meine Baumwolle zu pflücken. Und wenn ihr das tut, sage ich meiner Freundin Française, sie soll all ihre Mädchen herbringen, einschließlich diesem kleinen hier anwesenden Herzchen, damit ihr ihnen mal wieder ordentlich zeigt, wie man den Kohl reinpflanzt.»

Diesmal schreien die Gefangenen nicht. Sie hängen an Potts Lippen.

«Nun, ich verspreche euch, dass die Mannschaft, die die meiste Baumwolle pflückt, sich als erste in Behandlung dieser Damen begeben wird. Jawohl. Mister! Und diese Runde geht auf Mister Potts!»

Der Eigentümer lässt einen zufriedenen Blick über die Gefangenen wandern.

«Na, was sagt ihr dazu?»

Er weiß bereits, was er bekommen wird. Er bekommt es. Es ist eine Ovation. Die Männer schreien, dass sie einverstanden sind, dass sie arbeiten werden, dass sie zufrieden sind. Sogar die Rotkugeln brüllen ihre Zustimmung. Potts betrachtet die tobende Menge genüsslich und empfindet auch ein wenig Verachtung, aber nicht mehr als sonst auch. Er wusste von Anfang an, dass Männer wie Hunde sind.

Dort hinten hat Greene sich verzweifelt abgewandt, um das Geschehen nicht mehr mit ansehen zu müssen; er verschwindet in der Hütte. Pruitt gesellt sich wieder zu seinem Chef, während die Hochrufe weiter erschallen.

«Haben Sie Greene gesehen?», fragt der Hinkende. «Er ist von selbst wieder in seine Hütte gegangen... Der Schwachkopf! Auf die menschliche Natur zu zählen!»

Callie zuckt in ihrem Stuhl zusammen. Potts legt der jungen Frau beruhigend die Hand auf die Schulter.

«Er ist nicht der einzige Schwachkopf», wirft er Pruitt ärgerlich an den Kopf.

Callie macht sich los und steht auf.

«Wenn Sie mich nicht mehr brauchen...»

«Nicht doch, Schätzchen», sagt Potts, «ich schulde dir etwas...»

«Sie schulden mir nichts, außer Greene so zu behandeln, wie Sie es mir versprochen haben.»

«Hoppla, Sekunde», stammelt Potts.

Callie wendet sich ab und geht wieder ins Büro. Potts wirft Pruitt einen wutschnaubenden Blick zu und folgt ihr. Er schließt die Tür hinter sich.

13

Jetzt hat Callie ihr Kleid abgelegt. Sie steht in Unterwäsche vor Potts, der sich auf die Kante seines Schreibtischs gesetzt hat. Der Eigentümer, die Zigarre zwischen den Zähnen, müht sich ungeschickt mit dem komplizierten Verschluss des Bustiers der jungen Frau ab.

Callie ist ruhig. Sie ist das gewohnt. Sie hat dem Mann ihre Arme auf die Schultern gelegt, stützt sich darauf, wartet, dass er fertig damit wird.

«Werden Sie Wort halten?», fragt sie.

«Keine Sorge, keine Sorge», murmelt der Plantagenbesitzer, dessen Gesicht zusehends hochrot anläuft.

«Verstehen Sie», bemerkt Callie betont gleichgültig, «Sie erreichen nichts bei mir, wenn ich nicht Ihr Wort habe, dass Greene von nun an gut behandelt wird.»

Potts richtet sich gereizt wieder auf. Sein Atem geht schnell.

«Alles klar! Alles klar! Hör auf, dir Sorgen zu machen. Hilf mir lieber, dieses verdammte Mieder aufzumachen. Ich bin schließlich kein Mechaniker!»

«Sie bekommen, was Sie wollen», sagt Callie, «aber sehen Sie zu, dass Sie nicht vergessen, Wort zu halten. Verstanden?»

Potts nickt stürmisch. Er wirkt wie ein Junge, der mit den Füßen stampft, weil er ein Bonbon will. Feuer in den Lenden, beobachtet er mit rasender Ungeduld, wie Callie ihr Bustier auszieht. Die Brüste der jungen Frau breiten sich vor dem Blick des Eigentümers aus. Das Blut steigt ihm ins Gehirn. Mit einem Grunzen nimmt er seine Zigarre aus dem Mund und vergräbt sein Gesicht in der dargebotenen Brust. Callies Gesicht bleibt verdrießlich.

«Potts!»

Der Mann antwortet nicht, schmiegt seine rauen Wangen an das weiße Fleisch.

«Potts!», schreit Callie.

«Ja! Was ist denn los, verdammt!», ruft der Farmer wütend aus.

«Deine Zigarre verbrennt mir gerade den Hintern!»

Verwirrt zieht Potts eilig seine Hand zurück, steckt die Zigarre wieder in den Mund und streicht um die junge Frau herum, um den Schaden zu begutachten. Auf Callies Slip zeigt sich deutlich eine schwarze, qualmende Spur. Der Zwischenfall steigert das Delirium des Eigentümers noch. Er wirft die Zigarre in eine Ecke des Raums und wirft sich der jungen Frau zu Füßen, um ihr zärtlich den Hintern zu streicheln, während er Entschuldigungen und Versprechungen von neuer Wäsche stammelt.

«Musst du mir auf die Rechnung setzen!», erklärt er feurig. «Was sein muss, muss sein, das sag ich immer!»

Der rechtschaffene Mann ist zufrieden mit sich, mit dem Lauf der Dinge, mit Callies festem Fleisch. Er richtet sich wieder auf. Er zieht Greenes Geliebte an sich. Endlich genießt er den Ertrag seiner intelligenten Geschäftsführung.

VIERTER TEIL

1

Greene hat sich in einer Ecke der Einzelzelle zusammengerollt. Seine Augen sind fest geschlossen. Sein Mund ist verzerrt, seine Atmung sehr langsam. Nervöse Zuckungen laufen seine Rückenmuskeln entlang, die durch die Risse in seinem grauen Leinenhemd zu sehen sind. Der Schweiß und Tränen der Wut haben Furchen in den Dreck auf seiner Stirn gezeichnet.

Die Tür der Hütte fliegt heftig auf, gestoßen von Pruitts Klumpfuß, dessen Eigentümer schwankend im Türrahmen auftaucht. Der Hinkende hat getrunken, er schwankt. In seinem Gesicht zuckt es dauernd. Sein Hemd ist fast schwarz vor Schweiß. Er verströmt einen strengen Geruch von Hass und Alkohol.

«Dein Plan ist nicht aufgegangen, was?», brummt er.

Greene schlägt matt die Augen auf. Er betrachtet die Silhouette im Gegenlicht. Er reagiert nicht.

«Zugegeben», grinst der Oberaufseher hämisch, «du hast Potts mit dem Rücken zur Wand gestellt. Und das Schlimmste ist, dass…»

Der Mann unterbricht sich und lacht bitter. Mit einer ruckartigen Bewegung zieht er einen Flachmann aus der Tasche, legt den Kopf in den Nacken und trinkt. Der klare Schnaps tropft ihm vom Kinn. Er nimmt den Kopf wieder hoch, ohne sein Grinsen abzustellen.

«Nur, dass mir das scheißegal ist!», fährt er fort. «Früher schien mir das alles überaus wichtig… Überaus!» (Pruitt lacht und trinkt einen kräftigen Schluck.) «Aber jetzt… diese Farm und alle, die darauf sind, können gern zum Teufel gehen, das lässt mich völlig kalt!»

Noch einmal überkommt den Hinkenden das Lachen, schüttelt ihn krampfhaft. Der Mann schließt die Augen. Er brüllt vor Belustigung und Verzweiflung. Greene betrachtet ihn, ohne mit der Wimper zu zucken. Plötzlich schweigt Pruitt.

«Du denkst, ich dreh durch, was?»

Greene reagiert immer noch nicht. Über sein Gesicht huscht nur flüchtig, wie der Schatten einer Wolke, ein Ausdruck, der beinahe Mitleid sein könnte. Pruitt macht sich steif. Er wirft den Flachmann mit dem Alkohol weit von sich, fischt seine Handschuhe aus der Tasche und zieht sie langsam an. Er schwankt leicht auf den Beinen.

«Ich muss dich rauskriegen», brummt er mit belegter Stimme. «Ich muss dich… aus meinem Kopf rauskriegen! Als wäre das nie passiert! Als wäre…»

Mit verstörtem Blick wankt der Hinkende auf Greene zu.

«Das hört nicht auf, an mir zu nagen», knurrt er.

Der Mann schüttelt den Kopf, wie um eine hartnäckige Migräne zu vertreiben. Er ist jetzt ganz nahe bei

Greene, der ihn herankommen sieht, ohne zu reagieren.

«Verstehst du jetzt», sagt Pruitt, «ich muss dich loswerden.»

Der Betrunkene macht noch einen Schritt. Plötzlich verdreht er die Augen und fällt nach vorn, stößt gegen die Wand der Hütte und stürzt der Länge nach in den Unrat, der sich auf dem Boden häuft.

Greene blinzelt. Pruitt ist bewusstlos. Und er trägt eine Waffe am Gürtel. Der Gefangene richtet sich auf und erstarrt dann, weil Aufseher Cobb gerade im Türrahmen erscheint und die beiden Läufe seines Gewehrs auf Greenes Gesicht gerichtet sind.

2

Auf der Plantage von Augustus C. Potts ist die Produktivität hoch. Es ist eine Freude zuzuschauen. Jetzt, wo sie ihre Sexualität sublimiert haben, schuften die Männer, dass es ein wahrer Segen ist. Selbst die Mannschaft der Rotkugeln, obwohl ihnen ein Mann fehlt – Greene – und trotz der Kugeln, die ihr Vorankommen behindern, hat gewaltig zugelegt. Was die Gefangenen ohne Ketten betrifft, haben sie es brandeilig, und keine Mannschaft kommt schneller voran, als jene, in der Vieux-Chesne und Russki ihre Gefährten per Stimme, Geste und gutem Beispiel ermutigen.

Die Baumwolle wird also gepflückt. Sie sammelt sich in den Säcken an, häuft sich in den Wagen, durchfährt die Plantage und türmt sich in den Schuppen, wo sie zu Ballen verarbeitet wird. Auf den Feldern, den roten Staubpisten, zwischen den Wirtschaftsgebäuden und im Innern dieser Gebäude herrscht mannigfache, lebhafte, besessene Betriebsamkeit. Es fehlt nur noch eine fröhliche Musik, um das Bild zu vervollständigen.

Diese Musik erklingt in Potts Kopf.

Der Eigentümer steht wie ein Ölgötze auf seiner Außentreppe und frohlockt. Pruitt an seiner Seite ist finster. Sein Blick ist neidisch. Es fällt ihm schwer zu konstatieren, dass die durchtriebene Art seines Chefs bessere Resultate erzielt als die harte Tour. Denn Pruitt versteht nichts von Humanismus.

«Schau nur, Klumpfuß», flüstert Potts... «schau dir nur die Macht der Frau an!»

«Ich denke immer noch, dass Sie bescheuert sind.»

«Glaubst du das? Meine Güte, ich würde ihnen eine Ladung Pygmäen aus Afrika besorgen, wenn sie dann schuften würden!»

«Trotzdem traue ich denen immer noch nicht.»

«Ich vielleicht?», fragt Potts verärgert. «Glaubst du, ich traue ihnen? Was meinst du, warum habe ich mir die Mühe gemacht, diesen Turm bauen zu lassen? Ganz zu schweigen davon, dass er mich Geld gekostet hat! Warum wohl, was? Um Sonnenbäder zu nehmen?»

Der Turm, von dem Potts spricht, ist ein Wachturm, ein hoher, zweistöckiger Wachturm aus Holz. Er ist am Rand der Piste aus roter Erde erbaut, die durch die Plantage führt. Er erinnert an diese Gestelle, die am Rand der Eisenbahnschienen die Wasserspeicher tragen, aus denen die Kessel der Züge aufgefüllt werden, aber er ist höher.

Auf der Plattform, die den Turm krönt, steht Langer-Arm. Der Mann ist mit zwei Winchester-Gewehren und einem Fernglas ausgestattet. Mehrere Wasserkanister und eine gut gefüllte Patronentasche befinden sich neben ihm. Er raucht ruhig. Von seinem Posten aus hat er alle Winkel des Anwesens gut im Blick.

Seit Stunden zieht nichts seine Aufmerksamkeit auf sich. Die Gefangenen sind folgsam, betriebsam, diszipliniert, fleißig. Der Schütze bleibt jedoch wachsam. Das ist sein Job, und er macht ihn gut.

3

Die Tür zu Greenes Hütte öffnet sich. Der junge Mann ist dreckig und blutverschmiert. Er blinzelt in der Sonne. Potts steht vor ihm.

«Du bist eine echte Nervensäge», bemerkt der Eigentümer, «aber ein Versprechen ist ein Versprechen...»

Greene versteht nicht. Dann versteht er. Er ballt die Fäuste.

«Mach dich sauber», befiehlt Potts, «und an die Arbeit.»

Greene rührt sich nicht. Potts mustert ihn.

Der Eigentümer setzt einen offenen und loyalen Gesichtsausdruck auf.

«Alles, was wir zusammen gemacht haben, diese junge Frau und ich, war, ein Geschäft abzuschließen», behauptet er. «Ein Geschäft... Von etwas anderem war nicht die Rede.»

«Wenn Sie lügen...», sagt Greene.

«Pass auf, Greene!», ruft der Eigentümer mit strenger Miene. «Pass auf, was du sagst... Also was ist? Kehrst du zur Arbeit zurück, oder soll ich dich wieder in die Einzelzelle stecken? Beeil dich mit der Entscheidung, weil ich anderes im Kopf hab, als einen halb verhungerten Sträfling davon zu überzeugen, was ich getan oder nicht getan habe!»

Nach einem Moment des Zögerns setzt sich Greene in Bewegung.

4

Es ist Abend. Die Gefangenen kehren Mannschaft für Mannschaft mit schleppenden Schritten auf der Piste aus roter Erde von der Arbeit zurück. Die letzten Baumwollwagen des Tages fahren auf dem Weg zu den Scheunen an ihnen vorbei.

Auf den Feldern haben die Rotkugeln noch nicht aufgehört zu schuften. Sie hängen hinter den anderen Mannschaften her. Die Parzelle, in der sie die Baumwolle pflücken, ist erst teilweise abgeerntet. Die Männer knurren und fluchen halblaut, als ihr Aufseher ihnen den Befehl gibt, die Arbeit niederzulegen. Sie humpeln zu dem Wagen, der auf sie wartet, leeren ihren Sack und machen sich auf den Rückweg, langsam wegen ihrer schweren Kugeln. Die Nachbarmannschaften werfen ihnen spöttische Bemerkungen hinterher.

Den sechs Männern kommt es vor, als hätten sie sich gerade erst auf ihrem Lager ausgestreckt, als schon wieder Morgengrauen ist und die Glocke tönt und sie auf die Felder ruft.

Stunde um Stunde wächst ihr Rückstand, ihre Kräfte schwinden.

Auf der Plantage macht man sich über sie lustig.

5

Immer noch Dämmerung und die Gefangenen versammeln sich neben den Zelten. Mister Ross, vom Hausherrn frisch angestellt, setzt seinen Zwicker auf und gebietet jenen, die murmeln, mit der Hand zu schweigen.

«Überflüssig, euch zu sagen, wer führt!», ruft der Buchhalter. «Ich glaube, dass ihr es euch denken könnt, Jungs…»

In der Menge brummt man neidisch. Die Köpfe drehen sich zu Russki, Vieux-Chesne und ihrer Mannschaft.

«An zweiter Stelle, Kelly!», verkündet Mister Ross.

Die Mannschaft der Irländer grölt vor Selbstzufriedenheit, jubelt sich selbst zu.

«Dritte, Mendes!»

Ein zufriedenes Murmeln steigt aus den Reihen der Mexikaner auf.

«Der Rest der Wertung wird angeschlagen», verkündet Mister Ross. «Aber nur, um euch Mut zu machen, kann ich euch sagen, dass die Rotkugeln ihren Platz nicht geändert haben. Immer noch weit die Letzten!»

Die Menge lacht. Sie lacht noch mehr, als sie die Rotkugeln auf die Piste hinausgehen sieht. Die sechs Männer schleppen sich erschöpft dahin. Russki und seine Mannschaft kreuzen ihren Weg. Hohngelächter ist zu hören. Le Vaseux und Bolt scheinen kurz davor, sich auf die Lachenden zu stürzen. Flush geht dazwischen. Die Rücken beugen sich erneut, und die Männer steuern auf ihr Zelt zu.

Als die Nacht hereingebrochen ist, strecken die Rotkugeln sich ausgelaugt auf ihrer Strohmatte aus. Ihre Kleider sind zerlumpt, ihre Gesichter dreckverkrustet. Sie regen sich kaum, verziehen vor Schmerzen das Gesicht.

«Ich sterbe!», jammert der große Bolt.

«Du stirbst nicht», erwidert La Trime, «du fühlst dich beschissen, das ist alles! Den ganzen Tag Baumwolle pflücken! Verdammt noch mal, ihr kotzt mich an, ihr Hornochsen. Wozu soll das gut sein? Ich hab euch schon mal gesagt, dass wir zu weit hinter den anderen Mannschaften herhinken.»

«Hinter einer Mannschaft», sagt Flush. «Einer einzigen. Der von Russki. Die anderen könnten wir einholen, wenn wir abends arbeiten würden.»

«Und warum wollt ihr das tun? Warum sollten wir uns umbringen, um Erste zu sein? Was macht das für einen Unterschied, wenn wir nicht zuerst drankommen, solange wir überhaupt drankommen?»

«Du hast gut reden», brummt Bolt bitter. «Ich, ich kann mich nicht einmal mehr an das letzte Mal erinnern, als ich eine Frau hatte. Und das ist nicht, weil ich es nicht versucht hätte!»

«Ich», sagt La Trime, «ich hatte Frauen in Saint-Louis, in Kansas City, in New-Orleans, sogar im Osten, in Chicago... Nennt mir irgendein Kaff, ich war da!»

Die anderen verlieren das Interesse an dem Alten, der vor sich hinträumt, den Blick ins Leere gerichtet, und übel aus dem Mund riecht.

«Ich weiß jedenfalls», sagt Tolliver, «dass es keine Rolle spielt, ob wir nach allen anderen kommen, wenn Russkis Jungs uns schlagen.»

«Das stimmt!», pflichtet Bolt ihm düster bei. «Wenn sie mit Russki und Vieux-Chesne fertig sind, bleibt den Süßen nicht mehr viel zu geben!»

«Und wenn wir uns um diese beiden kümmern würden?»

Das kommt von Greene. Alle Blicke wenden sich ihm zu. Der junge Mann liegt auf dem Rücken, eine Zigarette zwischen den Lippen, und sieht zu, wie der Rauch zur Zeltdecke aufsteigt.

«Seit wann interessierst du dich dafür, ob wir Erste

werden oder nicht?», fragt Le Vaseux mit feindlicher Stimme.

Greene wirft ihm einen heiteren Blick zu.

«Hast du was gesagt?»

«Warum spielst du nicht mit offenen Karten?», fragt Tolliver in versöhnlicherem Ton. «Nicht, dass die Idee schlecht ist, mit Russki abzurechnen... Aber wie kommt es, dass du dich plötzlich dafür interessierst, was aus uns wird?»

Greene richtet sich auf.

«Weil ich zum ersten Mal einen Weg sehe, hier rauszukommen. Und eine Chance, diese verdammten Ketten loszuwerden...»

Der junge Mann wendet sich ab und lässt seine Gefährten das verdauen.

«Abhauen», murmelt La Trime. «Das ist was für Träumer. Scheiße auch... Man läuft weg, und man wird müde, und man kommt vor Angst um, und alles, was man erreicht, ist, wieder geschnappt zu werden. Und in dem Augenblick fängt euer Ärger erst an! Man poliert euch die Fresse und brummt euch noch fünfundzwanzig Jahre auf! Nein, *Massa*! Das ist nicht gerade das Paradies hier, aber immer noch besser, als wegzulaufen...»

Feindseliges Knurren ist die Antwort auf den Diskurs des Alten. Schon schlummern die Gefangenen ein. Bolt streckt sich ganz nah neben Flush aus.

«Glaubst du, Greene weiß, was er sagt?», flüstert er... «Ich meine... Er ist verdroschen worden, dass es ein Gräuel ist...»

«Brüderchen», antwortet Flush, «alles, was ich

weiß, ist, dass ich nichts dagegen hätte, dieses verdammte rote Ding loszuwerden. Und wenn Greene
durchknallt, ist er mit Sicherheit nicht der Einzige.
Hier dreht doch jeder durch!»

6

Tag folgt auf Tag, Arbeit auf Arbeit, die Ernte schreitet voran.

Wo die Gefangenen durchgezogen sind, kommt da-
hinter die rote Erde wieder zum Vorschein, fast kahl,
auf der nur die trockenen, entblätterten Stängel der
Baumwollpflanzen stehen bleiben. In Potts Lagern
häuft sich die Baumwolle bis unters Dach.

Die Rotkugeln arbeiten wie besessen.

Es bleiben nur noch einige Morgen voll mit Baumwolle.

Russki, Vieux-Chesne und seine Mannschaft führen
immer noch.

7

Greene sitzt bequem an einer Schuppenwand. Er isst sein Abendessen. Die Dämmerung färbt die Zelte und Gebäude blau.

Die Rotkugeln kommen mit verdrossener Miene aus dem Schuppen. Drinnen ordnet Mister Ross seine Buchführung. Tolliver und Flush hocken sich neben Greene, der weiterkaut.

«Du hast vielleicht die Ruhe weg!», bemerkt Flush.

«Meinst du? Und wenn ihr mir erzählen würdet, was der gute Mister Ross euch gesagt hat...»

«Was beschließen wir im Fall Russki?», fragt Tolliver mit angespannter Stimme.

«Wir müssen uns um ihn kümmern.»

«Aber wie denn!», ruft Flush aus. «Klugscheißer! Kümmer du dich um ihn!»

Greene sieht ihn lächelnd an.

«Hast du Angst?»

«Da hast du verdammt noch mal Recht», sagt der Schwarze und lächelt zurück. «Ich hab Angst! Und du hättest auch Angst, wenn der Klumpfuß deinen Schädel nicht mit Fäusten bearbeitet hätte...»

«Und wenn wir Russki mal mit uns rausnehmen würden?», schlägt Tolliver vor.

«Das wird nicht funktionieren.»

«Vielleicht könnten wir mit ihm reden...»

«Du träumst wohl! Er hat nur eins im Kopf... Diese Frauen!», erwidert Flush.

Der Schwarze wendet sich wieder Greene zu.

«Wenn du diesen Knallkopf loswerden willst, bist du am Zug!»

«Willst du, dass deine Enkelkinder sich erzählen, dass du Schiss gehabt hast?»

«Immer noch besser, als keine Enkelkinder zu kriegen!»

«Flush», sagt Greene lächelnd, «du gefällst mir. Du gefällst mir so sehr, dass ich dir erlauben werde, mir zu helfen, mit Russki abzurechnen.»

«Ganz allein?»

Greene sieht Flush an, und sein Lächeln wird breiter.

«Die Zeit der Einsamkeit», sagt er, «ist vorüber.»

8

Russki und Vieux-Chesne, in Pausenstimmung, sitzen ganz in Ruhe in einem Lager zwischen hohen Wänden aus gestapelter Baumwolle und stopfen sich voll. Das Blut jagt durch ihre Muskeln. Nur noch ein paar Tage, ein paar Stunden vielleicht, und sie werden ihren Sieg auskosten. Vieux-Chesne freut sich darauf, Greenes Frau zu besitzen. Diesem kleinen Arschloch, das sich für so schlau hielt, dauernd Scheiße verbreitet und die anderen von oben herab angeschaut hat, wird Vieux-Chesne sie übel zurichten, seine Liebste. Er leckt sich den Mund. Er liebt es, seine Muskeln einzusetzen. Wie er das charmante kleine Ding ramponieren wird!

Plötzlich geraten ganz oben an der Wand aus Baumwolle, die über den beiden Männern aufragt, zwei gewaltige Ballen ins Schwanken, neigen sich, kippen in die Tiefe und stürzen auf Vieux-Chesne und Russki. Ein dumpfer Aufprall, ein Schrei. Die beiden Männer schlagen verzweifelt um sich. Vieux-Chesnes Beine sind unter einem der Ballen eingeklemmt, Russkis Arm und rechter Fuß unter dem anderen.

Bevor es den beiden Kolossen gelungen ist, sich zu befreien, taucht Greene auf, gefolgt von Le Vaseux und den beiden Schwarzen. Die vier Männer gehen auf ihre Beute zu.

«Na, dann mal los!», stößt Flush aus.

Er scheint sich zu der bevorstehenden Aufgabe zwingen zu müssen.

«Vaseux! Bolt!», kommandiert Greene.

Die Angesprochenen packen Vieux-Chesnes Arme, spreizen sie, nageln ihr Opfer am Boden fest. Greene und Flush beugen sich über den Gefangenen, packen ihre Kugeln und zertrümmern ihm die Arme. Man hört die Knochen brechen. Vieux-Chesne stößt einen tierischen Klagelaut aus, verkrampft sich und verliert das Bewusstsein…

Die Rotkugeln wenden sich Russki zu.

Und sie bringen zu Ende, was sie begonnen haben.

9

Auf den Feldern arbeiten die Rotkugeln mit Feuereifer. La Trime wird müde. Er beklagt sich.

«Wir sind bescheuert, so zu arbeiten! Verdammt noch mal, jetzt, wo Russki und Vieux-Chesne aus dem Rennen sind, werden wir sowieso unter den Ersten sein...»

Man antwortet ihm nicht. Der alte Widerling neigt sich Tolliver zu.

«He, Tolly», säuselt er. «Warum willst du mir nicht sagen, was ihnen deiner Meinung nach zugestoßen ist? Traust du mir nicht?»

«La Trime, ich hab dir bereits gesagt, dass ich von nichts weiß.»

Der Alte schüttelt sarkastisch den Kopf.

«Wo warst du denn, hä? Beim Vesper?»

In einigen hundert Metern Entfernung fährt die Mannschaft von Russki und Vieux-Chesne mit ihrer Arbeit fort, aber die Arme sind langsamer geworden, die Gesichter verdrossen, sie sind nicht mehr mit dem Herzen dabei.

Neben einem Wagen halb voll mit Baumwolle betrachten die beiden Verwundeten bitter die Felder. Ihre Arme sind verbunden, mit Schienen aus Brettern steif gehalten. Sie erinnern an zwei gigantische Vögel mit steifen Flügelspitzen. Potts hält sich rittlings auf seinem Pferd in ihrer Nähe auf. Sein Gesichtsausdruck ist wutentbrannt. Er kippt die Schöpfkelle mit Wasser in seiner Hand zu Füßen der Verwundeten aus.

«Dann müsst ihr eben mit den Zähnen pflücken, ihr Kretins!», stößt er wütend hervor.

Er reißt sein Pferd herum und reitet querfeldein zu den Rotkugeln. Er begibt sich zu ihnen, stoppt sein Pferd mitten unter ihnen, die derweil mit Feuereifer weiterarbeiten.

«So», sagt Potts, «ich vermute, ihr wisst nicht, wie diese beiden Jungs sich die Arme gebrochen haben, oder?»

Die Gefangenen schütteln den Kopf und brummen, ohne ihre Schinderei zu unterbrechen.

«Und du, was hältst du davon?»

La Trime wendet sich dem Eigentümer zu und stammelt irgendetwas Unverständliches.

«Ich spreche mit Greene», sagt Potts.

Greene lächelt.

«Ich», sagt er, «bin natürlich in der Lage, Vieux-Chesne und Russki anzugreifen... Wenn ich Langer-Arms Gewehr habe, er selbst den Abzug drückt, und ich derweil auf Ihrem Pferd in die entgegengesetzte Richtung galoppiere...»

Die Rotkugeln lachen herzlich.

«Langer-Arm ist ungeheuer gut, was?», sagt Potts.

«Ja. Aber ich hab schon Bessere gesehen.»

«Ach ja?»

«Mich», sagt Greene, ohne zu lächeln.

Seine Gefährten lachen wieder. Potts schüttelt den Kopf vor der Ungeheuerlichkeit der Prahlerei.

10

Die Baumwolle häuft sich weiter in den Lagern. Die Rotkugeln arbeiten Tag und Nacht, schlafen kaum, unterbrechen die Arbeit gleichzeitig nur für ein paar Minuten, um zu trinken.

Dann, eines Tages, ist keine Baumwolle mehr auf den Feldern.

11

Mister Ross, der kleine Buchhalter, sitzt auf einem Hocker hinter einem großen Schreibtisch zwischen den Baumwollballen, die sich in dem Lager stapeln. Die Menge der Gefangenen umringt ihn, während er bedächtig seine letzten Additionen ausführt.

Greene hält sich abseits. Man wartet auf das Ergebnis des Wettbewerbs zwischen den Mannschaften, aber er weiß bereits, dass die Rotkugeln gewonnen haben. Die Zigarette zwischen den Lippen, träumt er vor sich hin.

Pruitt schleicht sich neben den jungen Mann. Das Gesicht des Hinkenden ist aufgedunsen und rot. Gleichzeitig hat die Frustration gelbliche Ringe unter seinen Augen hinterlassen.

«Du machst keinen besonders interessierten Eindruck», bemerkt er.

«Das würde ich nicht sagen... Mister Pruitt.»

«Ich und Potts», verkündet der Klumpfuß, «sind fertig miteinander, wenn dieser Job erledigt ist. Aber ich habe Arbeit gefunden... in der Strafanstalt.»

Greene wirft ihm einen unsicheren Blick zu, wirft seine Zigarette fort und drückt sie mit dem Fuß aus.

«Also», seufzt er, «könnte man sagen, dass sich nichts ändern wird, was?»

Der junge Mann zuckt mit den Schultern und begibt sich wieder zu seinen Gefährten. Pruitt sieht ihm mit boshafter Freude nach.

«Ganz recht, du Arschloch», murmelt der Hinkende. «Du und ich, wir haben uns nicht das letzte Mal gesehen!»

12

Die Rotkugeln planschen unter Freudenschreien in Fässern voll Wasser, bespritzen sich und seifen sich ein. Die improvisierten Wannen sind im Freien zwischen den Sträflingszelten aufgestellt. Die gräuliche Einheitskleidung der Männer hängt an der Seite ihres Zelts und trocknet in der Sonne, während die Gefangenen sich energiegeladen reinigen.

Scherze werden ausgetauscht. Man reibt sich ge-

genseitig den Rücken ab. Man lacht. Man planscht. Man ist fast frei für einen Augenblick.

«Brüderchen!», ruft Flush Bolt zu, der im Nachbarbottich sitzt. «Rate mal, was wir gerade erreicht haben?»

Bolt tut verblüfft, rollt mit den Augen, nimmt die Stimme eines Zurückgebliebenen an.

«Nö, weiß nicht. Sag's mir!»

«Nun, wir haben den Wettkampf um die Nutten gewonnen!», verkündet Flush fröhlich.

Er lehnt sich in seinem Bottich zurück. Ausgelassen beugt Bolt sich hinüber, packt ihn mit seinen Händen, so groß wie ein Schinken, und drückt ihn unter das schäumende Wasser.

Nicht weit davon entfernt wäscht Greene sich bedächtig, die Zigarette zwischen den Lippen. La Trime hockt im Nachbarbottich. Dem alten Widerling macht die Berührung mit dem Wasser Sorge. Sein Schwanz, von einem so ungewohnten Milieu überrascht, zieht sich krampfhaft zusammen. Dennoch ist der Alte vergnügt. Er beglückwünscht sich zu dem Sieg. Sein zahnloser Mund lächelt.

«Denen haben wir's aber gezeigt», kommentiert er. «Das haben sie nicht erwartet, was?»

«Ja», sagt Greene neutral.

«Weißt du was, Greene», verkündet der Alte in einem Ausbruch von Zärtlichkeit, «alles in allem bist du kein schlechter Kerl. Wenn wir wieder im Loch sind, sollten wir vielleicht Kumpel sein. Was meinst du?»

«Ja...»

«Man muss schon sagen, dass die Gefängniszelle», verkündet La Trime zufrieden, «für den Menschen verdammt schwer zu ertragen ist.»

«Ja», wiederholt Greene mit hartem Blick.

Während die Nacht hereinbricht, haben die Rotkugeln sich gebührend gewaschen auf ihrer Strohmatte ausgestreckt. Sie rauchen. Sie plaudern begeistert. Sie reden von der guten alten Zeit, vergangenen Heldentaten, Freuden und Fehlern.

«Na komm schon!», sagt Bolt gerade zu Greene. «Irgendwas hast du doch wohl gemacht!»

«Nein. Und ich hab auch nie irgendwas gemacht, das du Arbeit nennen könntest. Sie haben mich eingezogen. Ich bin nicht hingegangen. Und seitdem habe ich nichts anderes getan, als davonzulaufen oder im Knast zu landen. Und ich bin oft im Knast gelandet!»

«Woher kommst du?», fragt Tolliver.

Sogar der ehemalige Buchhalter hat seine Kälte und seine mürrische, von wütenden Gedanken bedrückte Miene verloren. Sein faltiges Gesicht leuchtet auf. Seine Augen lachen.

«Aus einem kleinen Kaff in einigen Tagen Entfernung, Richtung Westen», antwortet Greene. «Ich habe gejagt. Ich habe einen Saloon mit Fleisch beliefert.»

Der junge Mann steckt sich verträumt eine Zigarette an.

«Das war die gute Zeit», murmelt er. «Der Alte und Malcolm Schiefe-Fresse und die Mädchen... All diese Leute waren sozusagen ‹Außerhalb-Stehende›. Und ich mit ihnen, glaube ich...»

Greene rollt sich auf den Bauch, starrt auf das Zeltleinen.

«Die einzige Familie, die ich je hatte. Das war das süße Leben, soviel ist sicher.»

«Amen, Bruder», ruft Flush mit einer schönen Baritonstimme. «Ich bin es, der das süße Leben hatte. Kameraden, ich bin der König der Lebenskünstler, so wie ihr mich hier seht! Karten, Würfel, Knobeln, sogar Papas Hahnenkämpfe, was ihr nur wollt, ‹Der Mann aus Galveston› hat es gemacht! Und die Frauen erst! Gelb, Milchkaffee, Indio... Mein Gott, einmal hatte ich sogar eine Schwarze! Das war was, Brüder!»

«Und die Weißen», unterbricht La Trime gierig.

«Du wirst dich nie ändern, was, La Trime? Glaub, was du willst, wenn dir das Spaß macht...»

«Du hattest es zu etwas gebracht, Flush, kein Zweifel», sagt Le Vaseux neidisch.

«Ach ja», sagt Flush, «es war nicht immer der absolute Hit, Alter, aber ich hab's gemacht, wie's kam. Das wollte ich nur sagen.»

Der Schwarze vergräbt seinen Kopf verträumt in seinen angewinkelten Unterarmen.

«Ja, *Massa*! All diese Mäuschen, die es nur darauf abgesehen hatten. Verdammt!»

«Ich», sagt Tolliver bitter, «habe in meinem ganzen Leben nur eine einzige Frau gehabt. Und sie war nie zu etwas gut. Sie wollte nur in dieser ekelhaften Bude bleiben, die wir gemietet hatten, und aufs Verrecken warten. Und ich hab die ganze Zeit all diesen Leuten, die überall hinreisen wollten, ihre Fahrscheine ausgestellt. Mein Gott! Was hatte ich manchmal die Schnauze voll davon!»

Der Mann starrt ins Leere.

«Was ich immer wollte», sagt er, «war weggehen. Irgendwohin abhauen und etwas anderes tun, als um halb sechs aufstehen, ins Eisenbahnbüro gehen und bis zum Abend auf meinem Arsch hocken bleiben...»

Tolliver rutscht ein kurzes Lachen raus.

«Und sonntags erst! Wisst ihr, was wir sonntags gemacht haben? Nichts! Absolut nichts! Wir sind in die Kirche gegangen und haben uns das Gerede angehört, wie gut es uns gehen würde, wenn wir erst tot wären, und dann sind wir wieder nach Hause gegangen, und ich hab ihr den Rest des Tages beim Nähen und Trällern zugeschaut. Das ist alles, was sie je zu tun verstand, nähen und trällern!»

Die Stimme des Mannes wird heiser. Man könnte meinen, er würde in seiner Rechtssache plädieren.

«Am Ende habe ich sie angefleht, mir ein wenig Kohle aus unseren Ersparnissen zu geben... Aber sie wollte nicht! Sie hat mich fortgeschickt, und ich, ich hab nur gedacht: ‹wie soll ich denn ohne Geld irgendwohin gehen?› Und in dem Augenblick ist es passiert... Ich hab diese verdammte Bude in Brand gesteckt. Das zeigt, wie unglaublich bescheuert ich war...»

Tolliver schüttelt den Kopf. Er beugt sich zu der Petroleumlampe und macht sie aus. Das Zelt wird in Dunkelheit getaucht, während der Mann sich langsam auf seinem ärmlichen Bett ausstreckt.

«Ich hätte nur wegzugehen brauchen, sie und die

Eisenbahn hinter mir lassen», murmelt er noch. «Herr im Himmel! Man kann nicht in Angst leben… Nicht sein ganzes Leben… Das kann man nicht.»

13

Der nächste Tag ist zur Abwechslung ein schöner, sonniger Tag. Jedenfalls ist die Atmosphäre anders. Es ist ein Fest. Die Gefangenen stellen sich zwischen der Einfriedung, in der ihre Zelte stehen, und einem anderen, neuen Zelt, das in der Nähe der großen Holzbaracke aufgebaut ist, in einer Reihe auf. Eine Stimmung wie auf Dorffesten durchflutet die Menge. Ein Orchester – eher ein Musikzug aus Clairons und Trommeln – hat begonnen, Militärmärsche zu spielen. Die Musiker, alle schwarz, sind mit bunt verzierten Uniformen ausgestattet. Die Sonne glitzert auf den Blasinstrumenten.

Aufseher haben über das Gut verteilt auf ihren Mauleseln Stellung bezogen. Ihre Hämorrhoiden machen ihnen zu schaffen. Sie schauen griesgrämig drein. Dieser ganze Rummel gefällt ihnen nicht. Da sie keine Humanisten sind, können sie einfach nicht begreifen, dass man Gefangenen das Recht zu kopulieren einräumt, Produktivität hin oder her.

In einiger Entfernung des Zentrums der Feierlichkeiten setzt sich eine lange Reihe mit Baumwolle beladener Fuhrwerke in Bewegung, und Potts ist im Begriff, ihnen in seiner Pferdekutsche, auf der sich hinten sein Gepäck stapelt, unauffällig zu folgen. Pruitt steht neben dem Wagen.

«Pünktlich wie die Eisenbahn, was?»

«Genau», sagt Potts. «Wie gesagt. Man muss überall gleichzeitig sein. Ich hab mir nicht den Arsch aufgerissen, damit mir eine Bande Buchhalter am anderen Ende meinen Ertrag klaut!»

«Man hat große Pläne, was, Potts? Kansas City... Chicago...»

«Ja, verdammt!», ruft der Eigentümer. «Vielleicht gehe ich sogar bis nach New York. Das macht das Leben aus, es weit zu bringen, nicht wahr?»

«Für manche vielleicht.»

«Auf mich wartet Arbeit», erklärt Potts, der keine Lust hat, über den Seelenzustand seines Oberaufsehers zu diskutieren. «Du hast dein Geld. Ich verlass mich darauf, dass du die Gefangenen in dem Zustand der Verwaltung übergibst, in dem ich sie verlasse, klar?»

«Sie und ich», sagt Pruitt, «schade, dass es so endet. Wir hätten es zusammen weit bringen können.»

«Nein», sagt Potts. «Nicht so, wie du geworden bist. Du bist unerträglich. Und du bist ein Klotz am Bein, wenn es darum geht, gutes Geld zu machen. Kleiner, du hast keine Zukunft mehr!»

«Das glauben Sie wohl, was?»

«Ja», sagt der Plantagenbesitzer. «Und wenn man recht darüber nachdenkt, hast du auch keine Gegenwart. Du bist tief gefallen. Du liegst am Boden.»

Pruitt lächelt vor Wut.

«Sie sind ein alter Mann, Potts.»

«Möglich, aber ich habe eine Zukunft...»

Und der Eigentümer knallt seinem Gespann die Zügel auf den Rücken. Der Wagen setzt sich in Bewegung...

Die Rotkugeln sind zwischen den Zelten erschienen. Sie sind rundum schön, rundum proper. Ihre feuchten Haare sind gekämmt, ihre Wangen glatt, ihre Klamotten sauber. Sie marschieren alle sechs nebeneinander, ein Lächeln auf den Lippen, und biegen im Getöse des schwarzen Orchesters und unter den neidischen Spötteleien der anderen Gefangenen auf den Weg, der zum Zelt der Nutten führt.

Potts Wagen hat soeben zu ihnen aufgeschlossen. Greene rückt ein wenig von seinen Gefährten ab und gesellt sich zu dem Eigentümer.

«Der Klumpfuß hat das Kommando», erklärt Potts, «bis zu dem Augenblick, in dem die Wagen der Verwaltung kommen, um euch abzuholen. Wenn ich du wäre, wäre ich vorsichtig, wenn du am Leben bleiben willst.»

«Das nennen Sie Leben?»

Potts verzieht überdrüssig das Gesicht.

«Immer noch der alte Dickschädel, was, Greene?»

«Sie und ich», sagt Greene, «wir werden uns nie ändern.»

Potts und er sehen sich mit nachdenklicher Miene an. Dann bietet der Eigentümer dem Gefangenen eine Zigarre an, die dieser annimmt. Der zufriedene Plantagenbesitzer zuckt mit den Schultern und knallt seinem Gespann erneut die Zügel auf den Rücken. Der Wagen entfernt sich von Greene, verliert sich in der Ferne. Er wird die Führung der langen Wagenkolonne übernehmen, die sich bereits auf dem Weg nach Osten befindet. Greene schaut ihm einen Moment nach, dann gesellt er sich wieder zu seinen Gefährten, und so tritt Potts aus ihrer aller Leben.

Die Rotkugeln rücken weiter zum Zelt der Nutten vor. Greene denkt schon nicht mehr an Potts. Er denkt an die Zukunft. Er denkt, dass er in wenigen Minuten tot oder frei sein wird.

14

Die Rotkugeln erreichen den Zelteingang. Sie bleiben stehen. Pruitt steht auf der Außentreppe der Baracke. Er beobachtet die Gefangenen hasserfüllt.

Von oben, von seinem Wachturm aus, beobachtet Langer-Arm auch. Eine seiner Winchester ist an das Holzgestell gelehnt, der Lauf bereit, die Luft wegzufegen. Das Metall der Waffe glitzert in der Sonne.

Widerwillig bedeutet Pruitt den Rotkugeln, dass sie hineingehen können. Die Gefangenen stürzen vor, treten durch die Leinentür, die das Zelt schließt. Kaum haben sie die Schwelle überschritten, bleiben sie stehen, blinzeln mit den Augen, um sich an das relative

Halbdunkel zu gewöhnen und reißen sie dann gierig auf.

In dem Zelt befinden sich sechs Nutten. Sie liegen auf weichen Lagern und tragen Negligés. Sie betrachten die Männer aus leeren, professionellen Augen. Mitten unter ihnen Callie, die Greene anschaut.

Die französische Puffmutter – oder die sie zu sein vorgibt – hält sich mit ihrer Spitze und ihren Ringen abseits, mustert die Ankommenden, versucht im Voraus den Schaden abzuschätzen, den sie bei ihrem lebenden Inventar – ihrem variablen Kapital – anrichten werden. Jedes meiner Mädchen, denkt sie, stirbt täglich vierundzwanzig Stunden. Glücklicherweise kann man beim bloßen Anblick meiner Mädchen unmöglich wissen, seit wie vielen Tagen sie schon tot sind. Heute jedoch, das spüre ich in den Knochen, werden sie ordentlich was abkriegen.

Doch die Rotkugeln zögern. Im Zelteingang steht Aufseher Cobb und richtet sein mit Schrot geladenes Gewehr auf sie.

«Ihr habt genau zehn Minuten», sagt er.

Die Männer zögern. Greene löst sich ruhig von der Gruppe und geht auf Callie zu. Er setzt sich neben sie. Er nimmt sie in die Arme. Sein Mund liegt am Ohr des Mädchens.

«Ich hoffe, du hast Kleider mitgebracht», murmelt er mit verliebter Miene, «weil wir in etwa sechzig Sekunden von hier abhauen.»

Callie erwidert seine Umarmung. Er murmelt weiter. Das Paar wirkt ungefährlich.

Die Männer folgen Greenes Beispiel. Jeder bringt

sein wahres Ich zum Ausdruck, als er auf die Mädchen zugeht. La Trime ist wie besessen, Tolliver voller Zurückhaltung; Le Vaseux ist unbeholfen, Bolt hilflos und ehrfürchtig; einzig Flush wirkt völlig locker, elegant, ohne Hast, stilvoll und selbstbewusst.

Indessen löst Callie sich von Greene. Die Haare fließen ihr über die Schultern, und ihr goldbrauner Oberschenkel blitzt unter den Umhüllungen hervor, als sie mit einem verführerischen Lächeln auf Aufseher Cobb zugeht.

Cobb ist ein Dummkopf, aber so dumm ist er nicht. Sein Gewehr richtet sich auf die junge Frau.

«Fühlen wir uns einsam?», fragt Callie sinnlich.

«Kehren Sie an Ihren Platz zurück», bellt der Aufseher.

«Aber, aber, Süßer...»

«Das sag ich nicht zweimal!»

Cobb schwitzt wie ein Ochse und kriegt einen Ständer wie ein Stier. Als Callie ruhig ihre Kleidung öffnet, schüttelt den Mann ein Schauder. Für einen Augenblick lässt seine Wachsamkeit nach. In dem Augenblick wird ihm das Gewehr entrissen, und Greene schlägt ihm mit der Waffe in die Fresse. Cobb knurrt, seine Knie geben nach, er stürzt.

Gleichzeitig hat Bolt La Trime gepackt und schlägt ihn nieder. Der alte Widerling verliert auf der Schwelle zum Paradies das Bewusstsein. Und Flush ist auf die Puffmutter zugegangen. Er packt ihre Taille. Die Augen der Frau weiten sich, aber sie bleibt still.

«Madame», erklärt Flush, «es tut mir aufrichtig Leid...»

Und er bringt die Frau nach hinten ins Zelt, wo Greene bereits mit Messerstichen das Zeltleinen aufschlitzt.

Draußen döst ein dickbäuchiger, schwarzer Kutscher auf dem Sitz eines überdachten Wagens vor sich hin, der mit Bänken ausgestattet ist, aber keine Seitenwände hat. Im Schatten dieses Baldachins wartet der Mann darauf, dass die Mädchen ihren Tag beenden.

«Jackson!»

Der Kutscher schrickt hoch und wendet sich dem Zelt zu. Die Puffmutter hat den Kopf aus der Zeltöffnung gestreckt, sie winkt den Schwarzen zu sich. Er gehorcht prompt. Er tritt in das Halbdunkel. Etwas stößt von hinten gegen seinen Schädel. Er knurrt und sackt weg. Er hat das Bewusstsein verloren.

Tolliver und Le Vaseux haben ihr Hemd hochgezogen und die Seile abgewickelt, die sie sich um den Oberkörper gebunden hatten. Im Handumdrehen sind Cobb, die Puffmutter und ihr Kutscher säuberlich verschnürt. Callie hat sich etwas Anständigeres angezogen. Die Gruppe bahnt sich einen Weg durch die Zeltplane auf den Platz hinter dem Zelt. Man drängt sich zusammen in den kleinen Wagen. Greene nimmt die Zügel. Bolt zögert.

«Nicht gerade schnell, das Ding», bemerkt er unruhig.

«Willst du hier bleiben?», fragt Flush.

Bolt springt auf den Wagen.

«Versuch ja nicht, mich aufzuhalten!»

Auf der anderen Seite des Zelts berieselt die Neger-

Kapelle mit ihrer Dudelei nach wie vor die Atmosphäre. Aber die Augen weiten sich, als eine Horde Prostituierter mit weit offen stehenden Negligés in panischer Angst durch den Haupteingang hinausstürzt und lärmt wie ein toll gewordener Hühnerstall.

Die Menge der Gefangenen grölt vor Begeisterung. Man schubst sich, man wird gestoßen, man hat es eilig.

Pruitt zuckt zusammen. Er zieht seinen alten Revolver, brüllt eine Warnung, hält den Lauf in die Luft und feuert. Der Knall geht in dem lärmenden Getümmel unter. Die Gefangenen fallen über die nackten Mädchen her, jagen sie, werfen sie über den Haufen. Plötzlich rauft man sich auf der ganzen Plantage.

Die Aufseher kommen angelaufen. Sie versuchen, sich um Pruitt herum zu gruppieren, die Mädchen von den Gefangenen zu trennen. Verlorene Mühe. Das Durcheinander ist komplett. Die Musiker blasen ungerührt weiter.

Hinter dem Zelt ist der Wagen nicht mehr da.

Er ist um die Bretterbaracke herumgefahren. Er stößt auf die rote Piste, die durch die Plantage führt. Er rast durch den Staub. Seine Insassen klammern sich fest. Greene peitscht auf die Pferde ein.

Der Wagen holpert über die Unebenheiten des Terrains, gerät ins Schleudern, kippt fast um, gelangt schließlich auf eine lange, gerade Strecke.

An ihrem äußersten Ende, der Wachturm.

Die Wageninsassen beugen sich nieder und prallen aneinander, während Greene die Pferde nach Kräften anspornt. Die Tiere galoppieren mit voller Kraft. Das

Gefährt erbebt und scheint mit einem Dröhnen gemarterten Holzes über die Piste zu fliegen.

Die erste Kugel wirbelt den Staub vor dem Gespann auf, wie zur Warnung.

Der Wagen setzt seine wahnsinnige Fahrt fort.

Oben auf dem Wachturm, die Augen durch seine Hutkrempe gut vor der Sonne geschützt, betätigt Langer-Arm den Repetierhebel seiner Winchester. Er verzieht leicht verächtlich den Mund, beugt sich ein wenig auf den Füßen vor, um die menschliche Traube, die im Wageninnern hin- und her geschüttelt wird, besser avisieren zu können.

Er drückt auf den Abzug, betätigt schnell den Repetierhebel, schießt erneut.

Die erste Kugel geht durch Tollivers Lunge. Der ehemalige Angestellte richtet sich grunzend auf, die Muskeln angespannt. Ein Blutschwall steigt ihm in den Mund. Die zweite Kugel durchbohrt ihm den Schädel. Sein Hirn explodiert. Der Mann kippt um und fällt in den hinteren Teil des Wagens.

Ohne aufzuhören, mit den Zügeln auf die Pferde einzupeitschen, stößt Greene Callie, die an seiner Seite ist, beiseite und zwingt sie, sich auf den Boden des Wagens zu verkriechen, hinter seinem Körper in Deckung zu gehen.

Der Wagen rast immer noch auf den Wachturm zu.

Ein Rad stößt gegen einen Stein. Der Wagen schlingert nach links. Greene wird aus dem Sitz geschleudert. Le Vaseux packt ihn am Kragen, zieht ihn hoch. Eine Kugel durchschlägt dem Mann die Schulter. Er bricht in Wutgebrüll aus, verliert den Halt, rollt nach hinten in den Wagen. Greenes Kopf hängt über der roten Erde, die im Wahnsinnstempo vorüberzieht. In einem neuen Anlauf kommt der junge Mann wieder hoch, während das Holz um ihn herum unter den Einschlägen splittert.

Der Boden ist voll mit Tollivers Blut.

Oben auf dem Wachturm wechselt T.C. Banchee die Winchester.

Der Wagen naht wie der Blitz.

Auf der Turmspitze rattern Schüsse. Die Kugeln dringen dem Leitpferd in den Rücken. Das Tier brüllt, stolpert und bricht zusammen. Die anderen Pferde prallen auf ihre Gefährten. Das Gespann ist plötzlich nur noch eine rote, unzusammenhängende Wolke, in der die Beine, Hälse und weit aufgerissenen Augen der Tiere herumwirbeln. Mit einem lauten Krach zerbrochenen Holzes erklimmt der Wagen hin- und herruckelnd noch halb den Berg, dann bricht die Deichsel, das Gefährt gerät in einer Wolke aus Erde aus der Kontrolle und kommt am Fuß des Wachturms zum Stehen.

Dort oben lädt Langer-Arm einen Karabiner nach. Seine Bewegungen bleiben flink und genau. Zwischen seinen Augenbrauen ist eine Falte erschienen. Dann neigt er sich herab, um den Wagen auszumachen. Er sieht nur dessen Dach, weil er sich fast senkrecht darüber befindet. Das soll kein Hindernis sein. Er schießt blind durch die weiche Holzplatte. Er hört einen Schrei und ist zufrieden. Le Vaseux ist soeben gestorben.

«Bolt! Flush!», kommandiert Greene.

«Ja, wir wissen Bescheid!»

«Na, dann macht schon! Ihr habt die Seile.»

Greene zieht an den Zügeln, um die gesunden Pferde festzuhalten, die sich frei gemacht haben, sich wieder aufrichten und wie wahnsinnig wiehern. Flush und Bolt springen vom Wagen, stürzen zu den Balken, die den Sockel des Turms bilden und verknoten die Seile. Dann läuft Flush schnell zum Wagen zurück, während Bolt, die Seile in der Hand, sich mitten unter die Pferde stürzt, um diese an dem Geschirr der Tiere zu befestigen. Eine Salve von Schüssen hat dieses Herauskommen begrüßt. Jetzt lädt Banchee nach. In dem Augenblick, in dem Bolt das Gespann verlässt und zum Wagen hechtet, leert der Schütze ihm sein Magazin in den Rücken. Der schwarze Riese bricht vor Flush zusammen und streckt die Hände nach ihm aus, dann verdreht er die Augen und gleitet, von den Kugeln in Stücke gerissen, zu Boden.

«Seid ihr soweit?», schreit Greene.

«Wir sind soweit», sagt Flush wütend. «Fahr los!»

Greene hat nicht gemerkt, dass sie nur noch drei Lebende im Wagens sind. Während die Kugeln weitere Löcher in das Dach bohren, peitscht der junge Mann wie rasend auf die Pferde ein. Die Tiere preschen los. Die Seile spannen sich. Der Wachturm schwankt. Ein Pfosten reißt ab.

Langer-Arm spürt den Turm unter sich schwanken. Er richtet sich über der Tiefe auf, entdeckt Flushs Kopf, schießt. Der Kopf zerplatzt. Der Schwarze wird aus dem Wagen geschleudert und prallt auf die Erde der Plantage. Mit zusammengebissenen Zähnen packt Banchee seine Patronentasche. Eine Winchester unter dem Arm, stürzt er zu den Stufen, die hinunter auf die Erde führen.

Er hat sie fast erreicht, als die Pfosten nachgeben. Die Pferde stürmen vorwärts. Die ganze Konstruktion kippt und stürzt ein. Die Balken und Planken prasseln um den Schützen herum nieder, fallen auf ihn, bedecken ihn, während er brutal zu Boden stürzt.

Greene hält den Wagen an, springt herunter und läuft zu den Pferden, denen er das Geschirr abnimmt. Als er sich umdreht, kann er das Zentrum der Plantage sehen, wo die kleinen Silhouetten der bewaffneten Aufseher sich bemühen, wieder so etwas wie Ordnung herzustellen.

Er kann auch den Reiter mit dem Klumpfuß sehen, der auf ihn zugaloppiert.

Greene kehrt zum Wagen zurück. Callie schaut mit blassem Gesicht zu, wie er das von Cobb entwendete Gewehr nimmt, es lädt, prüft, ob auch beide Läufe mit Patronen bestückt sind.

«Greene...», murmelt Callie.

«Callie, ich...»

Greene schüttelt den Kopf. Er findet keine Worte. Er hebt eine schmutzige Hand an die Wange der jungen Frau, streicht einen Augenblick über ihr weizenblondes Haar. Dann wendet er sich ab und geht dem Reiter auf der Piste entgegen.

Mitten unter den Trümmern des eingestürzten Turms rührt sich Langer-Arm. Er versucht, sich von dem Durcheinander zu befreien, unter dem er begraben ist. Sein gebrochenes Bein ist unter einem dicken Balken eingeklemmt. Ziehend und schiebend mit vor Schmerz verzerrtem Gesicht befreit sich der Mann Zentimeter für Zentimeter. Er ist frei, er kriecht auf dem Boden, seine Hand gleitet zu dem Holster seines Colts hinab.

Pruitt kommt im Galopp bei Greene an.

«Cowboy!», schreit T.C. Banchee mit heiserer Stimme.

Greene taucht zu Boden, rollt sich in dem Augenblick auf die Erde, in dem Pruitt und Langer-Arm gleichzeitig losfeuern. Die beiden Kugeln jaulen über seinem Kopf. Greene drückt auf den Abzug des Gewehrs. Die Schrotkugeln reißen T.C. Banchee das Gesicht weg. Langer-Arm wird von Krämpfen geschüttelt, sein Körper krümmt sich zusammen, er ist gestorben, ohne seine Waffe losgelassen zu haben. Greene fragt sich flüchtig, warum der Mann ihm nicht in den Rücken geschossen hat, warum er gerufen hat...

Pruitt kommt im Galopp auf Greene zu. Weil die rote Kugel seinen Gang behindert, macht Greene einen Schritt zur Seite. Er kann gerade noch den Gesichtsausdruck des Oberaufsehers erkennen. Pruitt ist gelähmt vor Hass und Verzweiflung. Greene löst den Schlaghebel seines zweiten Laufs aus, und die Ladung trifft den Mann mitten in die Brust. Pruitt rutscht aus den Steigbügeln, kippt in einer scharlachroten Explosion vom Pferd, er ist tot, bevor er den Boden berührt hat.

Greene schüttelt den Kopf, als käme er aus einem

Albtraum. Er wirft einen Blick zu Callie, die ganz aufrecht, blass und still in dem unbeweglichen Wagen sitzt. Dann geht er zu Pruitts Leiche. Er betrachtet das erstaunte Gesicht des Toten einen Augenblick. Dann nimmt er seinen Revolver, richtet die Waffe auf seine Kette, drückt den Abzug.

Die Eisenkugel bleibt in dem blutbespritzten Staub liegen.

Greene ist auf Pruitts Pferd gestiegen. Er ist zu Callie geritten, und sie ist hinter ihm aufgestiegen. Sie hat ihre Arme um den Reiter gelegt.

«Mexiko...», hat sie gesagt.

Und Greene hat genickt und einen Freudenschrei ausgestoßen, und sie sind davongeritten, und es bleiben nur die Toten und die abgeernteten Baumwollpflanzen.

NOTIZEN VON BARTH JULES SUSSMAN

Meine Familie waren russische und österreichische Juden. Die meisten von ihnen kamen im frühen 19. Jahrhundert nach Nordamerika. Ich selbst habe mich meiner europäischen Wurzeln immer ungewöhnlich tief und quälend verbunden gefühlt. Das ist wahrscheinlich der Grund dafür, dass ich so oft in Europa gelebt habe ... Ich bin in Manhattan in der Nähe vom Central Park aufgewachsen und war schon als Kind ein begeisterter Leser. Meine Büchersammlung, vorwiegend über europäische Geschichte, ist recht umfangreich. Bis heute sind Lesen und klassische Musik hören meine beiden Leidenschaften. Zwar habe ich offenkundig nie viel Anerkennung als Schriftsteller erreicht – was mir zu schaffen gemacht hat –, aber ich habe zweifellos das Leben eines Schriftstellers genossen. Meine verstorbene Frau Jen und ich sind oft in unserem wundervollen Volkswagen Käfer mit unserem Hund Muggy durch Europa gestreift. Wir haben die Sommer in einsamen Schweizer Bergdörfern verbracht, Frühling und Herbst in einer winzigen Villa auf einem abgelegenen Felsen auf Ibiza oder den Winter an der Mittelmeerküste an der französischen Riviera. Ich weiß die Freiheit und Unabhängigkeit aufrichtig zu schätzen, die es mir erlaubt hat, in ruhiger und oft pittoresker Umgebung zu leben, häufig auch in Abgeschiedenheit, wo ich in meiner Arbeit Dinge verfolgen konnte, die mich wirklich interessierten ...

Mein intensives Lesen und meine Lebenserfahrung haben eine tiefe Skepsis gegenüber vermeintlich «großen Männern» und Nationen, den meisten, wenn nicht gar allen Regierungen (obwohl sie natürlich gebraucht werden) und organisierter Religion hinterlassen. Ich glaube nicht an Gott oder ein Leben nach dem Tod. Religion verstößt gegen mein Grundverständnis von Logik. Meine Befürchtung ist, dass sie nur zu oft zu einer der Wurzeln allen Übels auf Erden wird. Zusammen mit so vielen anderen Dummheiten der Menschheit, die nur zu gut bekannt und ausführlich dokumentiert sind. Dennoch hoffe ich, dass unsere zerbrechliche Welt sich irgendwie weiter drehen wird, trotz der Vielzahl skrupelloser Tyrannen, größenwahnsinnigen Egoisten und Schurken, die in so ziemlich allen Ecken des Globus nahezu unkontrolliert gedeihen und für uns alle zu einer alarmierenden Gefahr werden.

Es mag den Leser interessieren zu erfahren, wie ich dazu gekommen bin, mit J.-P. Manchette bei dem Buch *Der Mann mit der roten Kugel* zusammenzuarbeiten: Der Roman basiert ursprünglich auf meinem Drehbuch *The Redball Gang*. Zunächst habe ich meine Autorenrechte an die *Série Noire*/Editions Gallimard verkauft. Ihr Herausgeber Robert Soulat, ein charmanter und weiser Gentleman, hatte schon früh großes Vertrauen in J.-P. Manchettes Fähigkeiten gesetzt und uns dann miteinander bekannt gemacht. Wir haben uns sehr gut verstanden, und Jean-Patrick erklärte sich sofort einverstanden, mein Drehbuch unter Verwendung meiner originalen Dialoge und des Plots zu einem Roman noir umzuschreiben. ...Von dem Ergebnis waren alle so angetan, dass Jean-Patrick und ich daraufhin planten, ein weiteres Drehbuch von mir, *The Gunman*, (eine Geschichte über die Mexikanische Revolution von 1910) zu einem Roman noir für Editions Gallimard umzuschreiben. Umstände, die nicht in unserem Einflussbereich lagen, vereitelten jedoch dieses Vorhaben. Obwohl ich J.-P. Manchette nach *Der Mann mit der roten Kugel* und diesen Tagen in Paris nie wieder gesehen habe, hielten wir gelegentlich über Telefon oder per Brief Kontakt. Für mich wird J.-P. Manchette immer ein großartiger und erstaunlich begabter Schriftsteller sowie ein äußerst scharfsinniger, humorvoller, gutherziger Mann bleiben, dessen einzigartigen Platz in der Literatur und in meinem Leben ich immer geschätzt habe.

Barth Jules Sussman, Januar 2011

Luce, exzentrische Malerin, hat einen illustren Kreis in ihrem halbverfallenen Weiler im Süden Frankreichs um sich geschart. Dazu gesellen sich drei Gangster, die einen Geldtransporter überfallen und den Weiler für das ideale Versteck für sich und ihre Beute halten. Als dann eher zufällig zwei Dorf-Gendarmen auftauchen, kommt es zu einem irrwitzigen Show-down ...

Dieser Roman begründete den «Neo-Polar», der die französische Kriminalliteratur revolutionierte.

**Jean-Patrick Manchette
Jean-Pierre Bastid
Laßt die Kadaver bräunen**
ISBN 978-3-923208-83-8

Henri Burton will alles: Geld, Sex und Ruhm, und das sofort. Und er hält sich für einen ganz harten Typen. Zuerst beteiligte er sich an Gewalttaten der politischen Rechten. Dann scheint er die Seiten zu wechseln. Er wird Leibwächter von N'Gustro, dem Leader einer afrikanischen Befreiungsbewegung. Er mischt sich in die große Politik ein. Und N'Gustro muß es ausbaden.

**Jean-Patrick Manchette
Die Affäre N'Gustro**
ISBN 978-3-923208-64-7

Der Killer Thompson übernimmt den Auftrag, ein Kind aus dem Weg zu räumen. Zunächst nur ein Job. Der wird jedoch zur Obsession, als das Kindermädchen Julie mit dem kleinen Jungen entkommen kann. Nun beginnt eine erbarmungslose Hetzjagd durch Frankreich, ein mörderisches Duell zwischen Julie und Thompson. **Verfilmt von Yves Boisset, mit Marlène Jobert.**

GRAND PRIX DE LITTÉRATURE POLICIÈRE

Jean-Patrick Manchette
Tödliche Luftschlösser
ISBN 978-3-923208-63-0

Die anarchistische Gruppe «Nada», eine Frau und vier Männer, entführt den amerikanischen Botschafter in Frankreich aus einem Pariser Luxusbordell. Kommissar Goémond, von höchster Stelle beauftragt, die Entführer aufzuspüren, übernimmt die Ausführung mit größtem Eifer.

Verfilmt von Claude Chabrol.

Jean-Patrick Manchette
Nada
ISBN 978-3-923208-55-3

Eugène Tarpon, Ex-Flic, versucht sich als Privatdetektiv in Paris, ohne Erfolg. Als er schon seine Zelte abbrechen und zu seiner Mama aufs Land zurückkehren will, engagiert ihn eine junge Frau, weil ihre Freundin bestialisch ermordet wurde. Doch Eugène Tarpon muß bald erkennen, daß der Fall eine Nummer zu groß für ihn ist ...
Verfilmt von Jaques Bral.

Jean-Patrick Manchette
Volles Leichenhaus
ISBN 978-3-923208-84-5

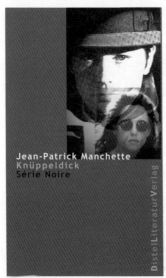

Privatdetektiv Eugène Tarpon leidet immer noch nicht an Überbeschäftigung. Da kommt der Auftrag, ein verschwundenes blindes Mädchen zu suchen, gerade recht. Als seine Mandantin, die Mutter der Verschwundenen, kurz darauf vor seinen Augen erschossen wird, ermittelt Tarpon weiter. Aber das hätte er vielleicht besser lassen sollen ...
Verfilmt mit Alain Delon.

Jean-Patrick Manchette
Knüppeldick
ISBN 978-3-923208-44-9

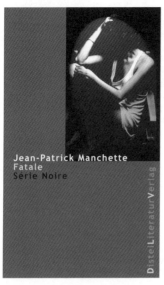

«Fatale» rast wie ein führungsloser Nachtexpreß durch die Phantasie des Lesers. Auf gerade 148 Seiten entrollt der bitterböse Roman die Geschichte eines Amoklaufs ... Manchette schreibt voller Outcast-Spott und beißender Sozialkritik. Die Romane mancher Kollegen wirken dagegen wie Bettlektüre für Asthmatiker. ***stern***

Jean-Patrick Manchette
Fatale
ISBN 978-3-923208-81-4

Georges Gerfaut, leitender Angestellter in Paris, macht mit seiner Familie Urlaub am Atlantik. Beim Baden im Meer versuchen plötzlich zwei unbekannte Männer, ihn umzubringen. Er weiß nicht warum. Sein ganzes Leben ändert sich, als Gerfaut erkennt, daß zwei Killer auf ihn angesetzt wurden ...
Verfilmt mit Alain Delon.

Jean-Patrick Manchette
Westküstenblues
ISBN 978-3-923208-62-3

Der junge Martin Terrier hatte einen Plan: in genau zehn Jahren wollte er als wohlhabender Mann in seine Heimatstadt und zu seiner Jugendliebe zurückkehren. Um dieses Ziel zu erreichen, trat er als Berufskiller in die Dienste einer «Firma». Jetzt will er aussteigen. Doch die Firma ist von seiner Lebensplanung wenig begeistert.

Verfilmt mit Catherine Deneuve und Alain Delon.

Jean-Patrick Manchette
Position: Anschlag liegend
ISBN 978-3-923208-65-4

Die junge Fotoreporterin Ivory Pearl ist ausgepowert von ihren Einsätzen an den Krisenherden der Welt. Sie zieht sich auf Rat ihres Freundes Farakhan, ein englischer Geheimdienstagent, nach Kuba in die Sierra Maestra zurück. Dort kreuzt die Spur eines Verbrechens ihren Weg, das sich einige Jahre zuvor in Frankreich ereignet hat. Ivory wird plötzlich zur Schachfigur westlicher Geheimdienste und internationaler Waffenhändler.

Jean-Patrick Manchette
Blutprinzessin
ISBN 978-3-923208-49-4

In der «Série noire» sind bisher erschienen (Auszug):

Tonino Benacquista
Drei rote Vierecke auf
schwarzem Grund
ISBN 978-3-923208-69-2
Didier Daeninckx
Bei Erinnerung Mord
ISBN 978-3-923208-56-2
Pascal Dessaint
Schlangenbrut
ISBN 978-3-923208-77-7
Rolo Diez
Der Tequila-Effekt
ISBN 978-3-923208-70-8
Hurensöhne
ISBN 978-3-923208-76-0
Wüstenstaub
ISBN 978-3-923208-80-7
Sylvie Granotier
Dodo
ISBN 978-3-923208-54-8
Thierry Jonquet
Die Goldgräber
ISBN 978-3-932208-51-5
Léo Malet
Zoff in der Rue des Rosiers
ISBN 978-3-923208-87-6
Makabre Machenschaften
am Boul Mich
ISBN 978-3-923208-86-9
Corrida auf den
Champs-Élysées
ISBN 978-3-923208-85-2
Jean-Patrick Manchette
Volles Leichenhaus
ISBN 978-3-923208-84-7
Knüppeldick
ISBN 978-3-923208-44-9
Fatale
ISBN 978-3-923208-81-4
Blutprinzessin
ISBN 978-3-923208-49-4
Nada
ISBN 978-3-923208-55-5
Westküstenblues
ISBN 978-3-923208-62-3
Tödliche Luftschlösser
ISBN 978-3-923208-63-0

Die Affäre N'Gustro
ISBN 978-3-923208-64-7
Position: Anschlag liegend
ISBN 978-3-923208-65-4
**Jean-Patrick Manchette /
Jean-Pierre Bastid**
Laßt die Kadaver bräunen!
ISBN 978-3-923208-83-9
**Jean-Patrick Manchette /
Barth Jules Sussman**
Der Mann mit der roten Kugel
ISBN 978-3-923208-88-3
Chantal Pelletier
Eros und Thalasso
ISBN 978-3-923208-46-3
Der Bocksgesang
ISBN 978-3-923208-53-1
More is less
ISBN 978-3-923208-66-1
Jean-Bernard Pouy
Larchmütz 5632
ISBN 978-3-923208-45-6
Die Schöne von Fontenay
ISBN 978-3-923208-48-7
Engelfänger
ISBN 978-3-923208-57-9
Papas Kino
ISBN 978-3-923208-59-3
H4Blues
ISBN 978-3-923208-73-9
Serge Quadruppani
Das Weihnachtsessen
ISBN 978-3-923208-79-1
Patrick Raynal
In der Hitze von Nizza
ISBN 978-3-923208-67-8
Marcela Serrano
Unsere Señora der Einsamkeit
ISBN 978-3-923208-61-6
Jordi Sierra i Fabra
Tod in Havanna
ISBN 978-3-923208-42-5
Cathi Unsworth
Die Ahnungslose
ISBN 978-3-923208-82-0

Weitere Infos und Gesamtverzeichnis: www.distelliteraturverlag.de

Suite noire: Die neue Krimi-Reihe

Colin Thibert
Nächste Ausfahrt Mord
ISBN 978-3-942136-00-6

Chantal Pelletier
Schießen Sie auf den
Weinhändler
ISBN 978-3-942136-01-3

José-Louis Bocquet
Papas Musik
ISBN 978-3-942136-02-0

Patrick Raynal
Landungsbrücke
für Engel
(Schönheit muss sterben)
ISBN 978-3-942136-03-7

Marc Villard
Die Stadt beißt
ISBN 978-3-942136-04-4

Didier Daeninckx
Nur DJs gibt man den
Gnadenschuss
ISBN 978-3-942136-05-1

Laurent Martin
Die Königin der Pfeifen
ISBN 978-3-942136-06-9

Romain Slocombe
Das Tamtam der Angst
ISBN 978-3-942136-07-5

SUITE NOIRE · SERIE IN SCHWARZ

Jeder Band
gebunden,
Flexicover,
ca. 100 Seiten
10,00 € / 16,50 sFr

Weitere Infos und Gesamtverzeichnis: www.distelliteraturverlag.de